MYSTERY LEAGUE

原書房

絶望的
寄生クラブ

鳥飼否宇
Torikai Hiu

絶望的

寄生クラブ

鳥飼否宇

目次

「まったく馬鹿なことですが」と少佐は言うのであった――
「何か、わしが今まで感じたことのないようなおかしなものが、
わしの心の中で疼《うず》きはじめたのです……」
――「ブラウン少佐の大冒険」G・K・チェスタトン『奇商クラブ』（福田恆存訳）より

第一章　「増田米尊、帰省する」の巻

1

温暖な気候と奇妙な犯罪の多発で知られる綾鹿《あやか》市の人口は、およそ四十万人。いわゆる地方の中核市であるが、この都市の最大の特徴として、季節による人口変動が大きいことが挙げられよう。なにしろ三月の後半には、ピーク時の四月に比べて約一割も人口が減るというのだから尋常ではない。

その原因は、この地に大学が数多く存在している事実に求められる。首都東京からほどよく離れた綾鹿市は、若者を魅了してやまない大都会の誘惑を断ちきり、勉学に打ちこむにはもってこいの環境に相違ない。そう考えた大学経営者がこぞって綾鹿市に大学を作ったのである。

さらに元々首都圏にキャンパスのあった大学も、より土地代が安い場所に移転することで、差額の不動産収益を得ようと考えた。いつしか大和《やまと》総合大学や綾鹿科学大学をはじめとする十を超える大学のキャンパスが、このなんの変哲もない地方都市に集中していたのだから巡り合わせとは奇妙なものである。

おかげで、いまや綾鹿は学園都市の様相を呈していた。コンビニや居酒屋は客も店員も大学生ばかりだったし、街中《まちなか》はキャンパスやバイト先へ向かう自転車でごった返していた。四月上旬の桜の季節ともなると憧れのキャンパスライフに夢と希望を抱くフレッシュな新入生で活気づく街も、学業から落ちこぼれたり青春の蹉跌《さてつ》を覚えたりした学生が月を追うごとに去りゆくにしたがって落ち着きをとり戻していき、大量の卒業生が職を求めて首都圏に転出する三月には紅葉の終わったあとの雑木林のごときさびれたたたずまいを見せるのだ。

かくして、綾鹿市の人口はさながら潮の満ち引きのように変動するのであるが、変動要因はほかにもあった。

帰省である。

大学という教育機関は、やたらと休みが多いことで知られている。そもそも教師であるところの教授や准教授は学生に知識を授けるよりも自らの研究を優先しがちなので、やれ学会出張だ、やれ論文の締めきりだ、と簡単に自らの義務を放棄する。そのうえ学生たちも学業よりも娯楽を重視しているため、やれデートだ、やれパチンコだ、と容易《たやす》く自らの権利を放棄する。これに加えて、夏休み、冬休み、春休みがたっぷりあるのだから、けっこうなものだ。

ともあれ、夏休みと冬休みには多くの学生が親元に帰るわけである。その間、綾鹿市の人口は一時的に減少し、街はしばし静寂をとり戻す。多くの大学教員にとっては、学生に煩わされることなく自分の研究テーマに没頭できる貴重な時間となる。しかし、こと増田米尊《よねたか》にとっては事情が異なっていた。

綾鹿科学大学大学院数理学研究科の准教授である増田は、数学者でありながらフィールドワークを大切にしていた。というのも、彼のライフワークたる研究テーマが、若い女性の日常生活を数学的手法で解析することだったからだ。

つい先日も、「尤度《ゆうど》関数を用いた性行為時の女性のよがり声の推定」という論文を書きあげたところであった。この論文をまとめるにあたって、百例に及ぶ女性の絶頂時の声を、増田は覗きや盗聴というフィールドワークによって収集した。彼の数学者としての実績は、たゆまぬフィールドワークの賜物なのである。

こんな増田にとって、学生たちが一斉に帰省する盆や正月は、綾鹿からフィールドワークの対象たる女子大生が姿を消す季節＝研究に身が入らない季節だった。仲間の研究者たちがこの機を逃すまじと知的労働に勤しんでいる一方で、増田は暇をもてあますのであった。

今年もまた学生たちの長い夏休みがはじまった。増田はこの夏をどう過ごすべきか、いくつか案を考え、最終的に三つに絞りこんだ。すなわち、a研究対象を若い女性から熟女に切り替えて研究領域を広げる、b来たるべき秋の研究シーズンに向けて夏眠《かみん》をして体力を温存しておく、cもう十年以上も足を向けていない郷里に里帰りする、の三案である。

増田は熟慮した。

a案を採った場合、研究対象を御しきれるかどうかが不安だった。若い女性には恥じらいがある。したがって、仮に増田のフィールドワークがばれた場合も、その際に記録したデータ（つまり、あられもない姿を盗撮した画像や恥ずかしい声を録音した音声データなど）を交渉材料にして、ことを荒立てず示談ですませられるという読みがあった。

しかし、熟女≒おばさんには恥じらいがない。万が一、増田の行為がばれた場合、必ず詰め寄られることだろう。胸元をつかまれて往復ビンタを食らうかもしれない。大学に殴りこまれて学長に直訴されるかもしれない。そんな事態になれば、研究者生活に終止符が打たれてしまう。それは避けたい。

……というよりも、そもそも熟女≒おばさんを研究対象にする意欲が湧かない。増田が若い女性を研究対象にしているのは、そのほうが興奮するからである。増田は興奮すればするほど頭の回転が速くなるという特異体質の持ち主だった。興奮して血液が大量に流れこんだとたん、増田の脳は容量を増し、それに応じて処理能力が飛躍的に向上するのだ。彼自身、この現象を「脳が勃起する」と呼んでいた。

ふだんはしがない薄毛の中年男にすぎないが、アブノーマル（変態）な行為によって「脳が勃起する」すると、ヤゴがトンボに姿を変えるように天才数学者へとメタモルフォーゼ（変態）するのであった。

要するに増田が若い女性を研究対象にしているのは、「脳勃起」を促進するためであった。これが熟女＝おばさんになった場合、「脳勃起」が起きる気がしない。したがって、a案はボツである。

では、b案はどうか。冬の低気温や食料不足に対応して活動を休止するのが冬眠である。これに対して、夏季に活動を休止するのが夏眠だ。夏眠は昆虫類や陸棲貝類でよく知られ、脊椎動物でも高温に弱い一部の魚類、両生類、爬虫類では観察できる現象である。しかし、哺乳類では夏眠の例は多くない。クマやリス、コウモリなど冬眠する哺乳類はいろいろいても、活動に適した夏季にゆっくり休もうという哺乳類は少ないらしい。

どうすれば夏眠できるかとネットで検索していた増田は、ヤマネという森林に生息する小型の動物について記述されたサイトを発見した。このネズミによく似た小動物は外気温がさがると、樹洞などで身体を丸めて冬眠し、仮死状態になるそうだ。夏でも雨などで気温がさがったときや餌が少なくなったときには眠り続けるという。まさに夏眠ではないか。

そういえば、と増田は思った。位相幾何学教室の教授である山根《やまね》雅行《まさゆき》はしょっちゅううたた寝をしている。肩を揺すっても起きなかったこともあり、眠ったままぽっくり逝ってしまったのではないかと心配したものだが、いま思えばあれは無駄なエネルギーを使わないよう仮死状態になっていたのではなかろうか。おそるべし山根教授、本家ヤマネに負けない特殊技能を身につけた達人に相違あるまい。

山根教授から夏眠のコツを教わろうと考えた増田は、さっそく位相幾何学教室に赴いた。教授室のドアをノックしても返事がない。留守ではない証拠にドアには鍵がかかっていなかった。おずおずとドアを開けると、案の定、山根教授は椅子の上で身体を丸めて眠っていた。

増田が名前を呼ばわりながら入室すると、山根は存外あっけなく目を覚ました。

「おや、増田くん、いったいどうしたんだね？」

「山根教授、お休みのところ、お邪魔してすみません」増田は揉み手をしながら、「今日はいつもより眠りが浅かったようですね」

「失敬な。まるで私がいつも学内で熟睡しているみたいな言い方ではないか」

「熟睡というか、夏眠ですよね？」

「訳のわからないことを。私が目を閉じているときは、いつも頭の中で位相空間をイメージしているのだよ。虚空のキャンバスに微分可能多様体をデッサンし、トポロジカルなアプローチを加えているわけだ」

「本当ですか？　眠っているのをごまかそうとしているんじゃありませんか？」

「なにを抜かすか。疑うなら、これを見よ」

山根が差し出したのは、『脳でイメージする位相幾何学』という数学の専門書だった。著者は山根雅行となっている。どうやら山根の主張はでまかせではないようだ。肩を揺すっても起きなかったあのときは、思考に集中していたのかもしれない。方法論こそまったく異なるが、山根も余人には計り知れない独自の手法で現代数学に挑む同志だと気づいた増田は、b案も不採用にした。

となると消去法の結果、残るはc案のみである。

増田の郷里は小倉《こくら》だった。京都の小倉《おぐら》ではない。福岡県北九州市の中心にして、かつては無法松で名を馳せ、近年は暴力団で知られる少々物騒な街である。

現在でこそその面影はないが、増田米尊が生まれた頃、北九州は京浜、中京、阪神と並ぶ四大工業地帯と呼ばれていた。海沿いに巨大な敷地を占める製鉄所には溶鉱炉がずらりと並び、煙突からは白や黒は言うに及ばず赤や黄の煙も立ちのぼっていたものだ。あのときの大気中にはいったいどんな物質が放出されていたのだろうと考えただけでぞっとする。当時の北九州市は九州で唯一の百万都市であり、高度成長期の活況をそのまま反映し、街は活気に満ちていた。

父親が大手鉄鋼会社に勤めていたこともあり、増田は生まれてから高校を卒業するまでの十八年間を小倉で過ごした。その後、綾鹿科学大学に入ってそのまま研究者の道を選んだため、実家に帰るのは年に一、二度になってしまった。十八年前に両親を同時に交通事故で失ってからは一段と足が遠ざかるようになり、両親の七回忌の法要に出席したのを最後に故郷の土を踏んでいなかった。

これには理由があった。

増田米尊には二歳年長の米彦《よねひこ》という兄がいた。真面目で堅実な性格の米彦は公務員となり、いまも北九州市の職員として働いている。米彦には二歳下の（つまり米尊と同い年の）麻里子《まりこ》という妻がおり、今年高三になる長女紋《あや》と高一の長男俊彦《としひこ》とともに実家で暮らしていた。米尊は兄の米彦とは決して仲が悪いわけではなかったが、兄嫁の麻里子と反りが合わなかったのである。

実は麻里子は米尊の高校の同級生だった。高校時代、性に目覚めると同時に窃視癖《せっし》ができた米尊は、清掃の時間となると決まって階段掃除を志願した。身を屈めて踏み板を拭き掃除していると、階段を上り下りする女子生徒のスカートの中をたまに覗くことができるという役得があったからにほかならない。

米尊は慎重に立ち回っていたつもりだったが、麻里子から幾度か咎めるような厳しい目で睨まれたことがある。どうやら麻里子は米尊の意図に気づいていたようだ。口に出して注意されはしなかったものの、麻里子は米尊が近づくと身をかわして逃げるような素振りを見せるようになった。いつ先生に告げ口されるかわからない。階段を上るときにも過剰と思えるほどスカートの裾を押さえてパンチラをガードしている。小心者の米尊はそれを考えただけで、胃が痛くなる毎日だったのである。

しかし麻里子は米尊の性癖をついに口外しなかったようだ。おかげで担任教師から叱責されることも、全校の女子生徒から白い目で見られることもなく、米尊は高校を卒業できたのだった。

麻里子に気づかれたというのはもしかしたら米尊の勘違いで、実際には彼女はなにも知らなかったのではないか。そう思い直して数年が経ち脳裏から麻里子の脅威がすっかり消えてなくなった頃、予想だにしなかった衝撃が米尊を襲った。こともあろうに兄の米彦と麻里子の間に結婚話が持ちあがったのだ。米尊は知らなかったが、麻里子は高校卒業後、市役所に勤務するようになったらしい。そこで米彦と出会い、ふたりの交際がスタートしたそうだ。

かつての同級生がいまや義理の姉である。その事実に特段の感慨はなかったが、麻里子と顔を合わせるたびに、高校時代に感じていたあの胃痛を伴う強迫観念が蘇ってきた。自然と実家への足も遠ざかるようになっていたのである。

増田米尊の特異なフィールドワークは、現在では（決して好意的に受け止められているわけではないにしろ）なかば公然のものとなっている。性癖にしても（さほど多くの人にではないにしろ）明らかになってしまっている。いまさらとり繕う必要もないはずなのに、なぜか義姉と会うと思うと気が重くなるのだった。

実家に帰ったときに、麻里子から嫌みや皮肉を言われたことなど一度もない。口数は少ないけれど、むしろ家族の一員として温かく迎えてくれる。居づらさを覚えるのは、米尊の一方的な苦手意識によるものであった。

苦手意識を克服するチャンスかもしれない。増田は今回の帰省を前向きに考えた。

増田が帰省を選んだのにはもうひとつ別の理由もあった。

最近、誰かから見られているような気がしてならないのだ。ひとりで道を歩いているときや研究室でパソコンに向かっているとき、どこからともなく視線を感じる。そんなとき振り返っても誰もいなかったり、いたとしてもまったく知らない人間で増田にいっさい関心を抱いてなどいなさそうだったりする。視線の正体はいまのところ不明だった。

気のせいだろうと増田は考えた。知らず知らずのうちに疲れが溜まっており、ストレスで神経が過敏になっているに違いない。そのせいでありもしない視線を感じてしまうのだろう、と。軽度の強迫神経症なのかもしれない。

妻に相談したところ、たまには休暇をとって旅行にでもいき、気分転換したほうがいいのではないかと勧められた。そのことばが増田の背中を押したのだった。

せっかくだから一緒に帰省するかという提案は、けんもほろろに断られた。北九州なんかに興味はないと一蹴されたのだ。

増田米尊と妻はいわゆる仮面夫婦であった。妻は他の男と結婚していたのだが、DVがひどかったために子どもを引きとって離婚したがっていた。そんな境遇に同情した増田が、DV男から彼女と子どもを守るために籍だけ入れたのだ。お互い納得ずくで最初から仮面夫婦の契約をしたようなものだ。その証拠に増田は妻と一回も性交渉を持ったことがなかった。

なにを隠そう、増田は齢《よわい》五十二にして童貞であった。いついかなるときも性欲の処理はマスターベーションでおこなう。これが増田米尊という象徴的な名を与えられた者の矜持《きょうじ》なのである。

そんなわけで増田は妻や子と一緒に休日を過ごすことなどほとんどなく、今回の帰省もひとり旅となった。

八月八日、ついに帰省の日がやってきた。これから十日ほど兄の家族の住む実家に厄介になる。

新幹線で小倉駅に降りたった米尊は、十数年ぶりの帰郷にもかかわらずさほど変わっていない駅前の光景に逆に驚いた。

東京を見れば一目瞭然だが、都市は生きている。新しいビルが次々に建ち、店舗の回転も早い。五年も経てば駅前の光景は一変する。経済活動が旺盛な証拠だ。

それに引き換え、小倉の街は十年一日の様相を呈していた。空気が淀み、覇気がない感じがする。地方都市なんておおむねどこも一緒と言えばそのとおりなのだが、福岡市よりも先に政令指定都市になった華やかなりし時代の空気を知っている人間としては、北九州市の中心都市のこの停滞ぶりはショックであった。

ただ、ほとんど変わっていない街は、久しぶりに郷里の地を踏む人間にとっては、ありがたい側面もあった。勝手知ったる足どりで路地を歩き、昔何度も通った定食屋で郷土料理の鰯《いわし》のぬか炊きの昼食を食べ終える頃には、すっかり小倉っ子に戻っていた。

ちなみに小倉の郷土料理といえば、ぬか炊き、焼きうどん、かしわうどんが三大名物。B級グルメばかりである。焼きうどんは小倉が発祥の地だが、ほかに小倉から生まれたものとして、パンチパーマ、競輪、屋根つき商店街（アーケード）がある。B級感漂うラインナップがなんともいえず、増田はこのなにをやってもB級という俗っぽさがいかにも小倉らしいと感じていた。

腹がくちくなったところで、腹ごなしに散歩をしよう。そう決めて商店街を歩きはじめる。

日本初のアーケードである魚町銀天街《うおまちぎんてんがい》も平日の昼間とあって人通りは少なく、ところどころにシャッターが閉まったままの店舗が見受けられた。ぶらぶらしていると、ふいに視線を感じた。東京を離れたというのにまたか、と溜息をつきそうになった増田は、その視線に実体があったことに気づいた。

視線は正面から浴びせられていた。だぼだぼのズボンを腰で穿き、髪を脱色したいかにもヤンキーらしい高校生が、増田にガンを飛ばしながらがに股でこちらへ向かってくるではないか。

気が弱い中年オヤジ然とした見た目のせいだろう。増田米尊は不良少年に絡まれやすいタイプだった。おまけに、自慢ではないが超ビビリであった。臆病なくせによく変態フィールドワークなどやっているとしばしば感心されるが、要はそれだけ慎重な性格なのだ。いち早く危険を察知した増田は、不良高校生をやり過ごすため、通りがかりの和菓子店に入った。

ヤンキーを避けるために一時しのぎで入ったにもかかわらず、店員の探るような視線が気になってしかたがない。店内に増田以外の客がいないので、素知らぬ顔で帰るのがはばかられるのだ。この辺も気の弱い増田らしかった。

増田米尊は甘党ではない。

ショーウインドウに並ぶ和菓子はどれも似たり寄ったりにしか見えないし、味の想像もつかない。唯一わかるのは、ショーウインドウの隅に並んでいる餡子でくるまれた小さなおにぎりのような菓子である。ネームプレートには〝夜船〟と表示してある。

「これ、ぼたもちじゃないの。いや、おはぎかな?」

増田が訊くと、三角巾を頭に巻いた女性店員（推定二十九歳）がにっこり微笑んだ。

「ぼたもちとおはぎは同じです。春は牡丹の季節にいただくので牡丹餅、そこからぼたもち。秋は萩の季節にいただくので萩の餅、つまりおはぎ。季節で呼び分けています。いまは夏ですので、当店ではよふねと呼んでいます」

ぼたもちもおはぎも植物の名前に由来していることなど知らなかった増田は大いに驚いた。

「知らなかった。でも、どうして夜船？　そんな花があるのかな？」

「ぼたもちを半殺しとも言うでしょう。お米ともち米をまぜて蒸したものをすりこぎで半分潰すところからついた物騒な名前です。これでわかるように、ぼたもちは本当の餅と違って、杵と臼で搗《つ》いたりしません。搗き知らずから、いつ着いたかわからない夜中の船を連想したわけです。ことば遊びですね」

「趣のあるネーミングだな」

増田が素直に感心すると、店員が茶めっけのある笑顔で応じた。

「では、冬にはどう呼ぶかわかりますか？　やはり搗き知らずからのことば遊びなんですけど」

「イタコの弟子ってのはどう？　修業中で憑き知らず」

「ブー。おもしろいけど違います」

女性の反応がよかったので、増田が調子に乗る。

「じゃ、突き知らずで童貞ってのは？　ははは、実は私もまさに突き知らずなんだけどね」

実年齢五十二歳の増田米尊の下品なギャグは、推定二十九歳の女性を無表情にさせた。うら若きという形容詞はとっくに使えなくなったと思しき女性にここまでどん引きされるとは、増田としては計算外であった。

急いで表情をとり繕い、「ごめん、ごめん。じゃ、この夜船を十個いただけるかな」

店員は営業スマイルさえもったいないと言わんばかりの無愛想な態度で和菓子を箱に移すと手早く包装し、冷たい口調で「千七百円になります」と言った。

増田は野口英世ふたりと引き換えに商品とお釣りを受けとって、「ありがとう。最後に答えだけ教えてくれないかな、ぼたもちの冬の名称」

「北窓《きたまど》です。月が見えないから、月知らず」

つっけんどんな口調で答えると、売り子は奥に引っこんだ。

口は災いのもとという格言を身にしみて感じながら和菓子屋を出たところで、「おっちゃん！」と呼ぶ声が聞こえた。

びっくりして振り返ったところに、先ほどのヤンキーがいた。シャッターの閉まった店の前に大股を広げてしゃがみこんでいる。どうやら増田が和菓子屋から出てくるのを待っていたらしい。

増田は胸中でついていないわが身を嘆いた。つき知らずなのは、ぼたもちではなく自分ではないのか。

「き、きみはなにかい、その、もしかして推定二十九歳のあの娘《こ》のカレシ?」ヤンキーはぽかんとしているが、増田は続ける。「ちょっとしたジョークのつもりだったんだ。ホント、悪気はなかった。許してください」

薄毛の目立つ頭をさげると、ヤンキーは目を瞠った。

「どうしたと？　増田米尊さんやろ？」

なぜこの不良高校生が自分の名前を知っているのだろう。不思議に思って改めて顔を確認する。

「えっ、もしかして、俊彦くん？」

「そうっちゃ」

「ずいぶん大きくなったな。顔が大人っぽくなっていて、ちっとも気づかなかったよ」

ヤンキー少年は甥の増田俊彦だったのである。最後に会ったのは俊彦がまだ幼稚園に通っていたときだった。親戚や知人の子どもの成長ぶりで自分の年齢を実感することが増えた米尊だったが、それにしても俊彦の変貌ぶりには驚いた。

「おじちゃんも変わったね」

俊彦はさっきも「おじちゃん？」と呼びかけたのだろう。それを米尊のビビリな耳が勝手に「おっちゃん！」と変換したに違いない。

「そうかい。あ、頭のことだろう。それは触れない約束で」

「髪の毛もそうやけど、全体の印象が変わった気がする」

「前に会ったとき、きみはまだ幼稚園児だったわけやけね。そりゃあ印象だって変わるやろう。

で、俊彦くんはここでなんしようと？」

俊彦のことば遣いに引っ張られ、米尊のことばもいつのまにか北九州弁になっている。

「親父から言われておじちゃんを迎えにきたっちゃん」

どうやら俊彦はやんちゃそうな見かけによらず、人柄は純朴のようだ。米尊は胸を撫で下ろしながらも、いまの俊彦のことばに引っかかりを覚えた。

「迎えにきたって、それはありがたいけど、おじさんが小倉に着いたのはもう一時間くらい前なんよ」

「知っとう。『米尊は小倉に着いたら、駅近くの定食屋でぬか炊きを食べて、そのあと銀天街をぶらぶらするっちゃなかろうか』っち親父が言うけ、アーケードの終点で待っとったとよ」

そこまで行動が読まれているのか。まるで監視されているようだ。そう考えると、謎の視線のことが思い出され、また背筋がぞわっとした。

「そんなら帰ろうか」

「うん。向こうにバイクを停めとうけん」俊彦は先導しながら、「ところで、さっきの推定二十九歳のあの娘のカレシってなんね？」

「ああ、あれは気にしない、気にしない」

俊彦のバイクの運転は荒かった。右へ左へとローリングさせ、先行車を次々に抜いていく。マフラーからはバリバリとけたたましい爆音が鳴っている。おかげで徳力《とくりき》という郊外の住宅地にある実家まですぐに着いたが、米尊はその間生きた心地がしなかった。俊彦は叔父を送り届けると、そのまま遊びにでかけると言い、爆音とともに去っていった。

2

実家の前に立ち、玄関のドアを開けようとして、米尊はふと思いとどまった。自分が夏季休暇だし、俊彦も夏休みだったのでつい失念していたが、今日はお盆前の週の平日である。兄の米彦は仕事にいっているはずだった。ということは、家に待ち受けているのは麻里子だけなのではないだろうか。胸の奥から苦手意識がむくむくと頭をもたげる。兄が帰ってくる夕刻まで、どこかで時間を潰してきたほうがよいのではなかろうか。弱気になって回れ右をしたちょうどそのとき、玄関のドアが開いた。

「米尊さん、どこへいくの?」

久しぶりに聞く麻里子の声だ。米尊はばつの悪い思いをしながら、向き直る。

麻里子が値踏みするような目でこちらを見ていた。会うのは久しぶりだが、こめかみ周辺に少し白髪が目立つようになったくらいで、ほとんど変わっていない。同い年にしては若く見える部類だろう。

「いや、ちょっと喉が渇いたから、コンビニでペットボトルのお茶でも買ってこようかと思って。

お久しぶり、変わりませんね」

「なにを水臭いこと言っているの。俊彦のバイクの音が聞こえたから、米尊さんが帰ってきたのはわかったんだけど、いつまで経っても家に入ってこないじゃない。気になって見にきたのよ。さ、あがって」

麻里子はよどみなく言うと客用のスリッパを玄関マットの上にそろえた。その間も不審そうな目で米尊を眺めまわしている。

「あ、どうも。これお土産です。といっても小倉で買ったんですが」米尊が和菓子店の紙バッグを差しだす。「あの、ぼくの顔になにか付いていますか」

「そういうわけじゃないけど……。ありがとう。それじゃあ、遠慮なくいただくわね。どうぞ、あがって居間で涼んでいて」

歯切れの悪い返事が気になったが、さすがにもう逃げだすわけにはいかない。米尊は覚悟を決めて靴を脱いだ。

最初に仏間へいき、仏壇に手を合わせる。長く顔を出さなかった二男に、遺影の中の父親が怒っているように見えた。両親の位牌に不義理を詫びたあと、居間の座卓に座っていると、麻里子が冷えた瓶ビールと渡したばかりの和菓子を運んできた。

「ビールに餡子はどうかという気もするけど、美味しそうだったから。わたしもご相伴にあずかることにするわ」

麻里子が米尊のグラスにビールを注ぐ。続いて自分のグラスに手酌をしようとするので、瓶を奪いとった。麻里子のグラスに注ぐ際に勢いがつきすぎて、たちまち縁から泡があふれ出る。

「わ、すみません」

「いいの、気にしないで」麻里子はグラスの縁に口をつけ泡を啜ると、グラスを掲げた。「ようこそ、ご実家へ。じゃあ、乾杯」

米尊は一拍遅れで「乾杯」と唱和し、グラスを軽く触れ合わせる。夏の平日に昼からキンキンに冷えたビールなんて、なんという贅沢！　根が単純な米尊はこの家に足を踏み入れるまで感じていた気後れなどすっかり忘れ、幸せに酔いしれていた。

麻里子は夜船をひとつ口に運ぶと、半分ほどをパクっとくわえた。

「このおはぎ、とっても上品な味だわ」

「夜船だそうです」

すかさず米尊はしこんだばかりの雑学を披露した。麻里子も知らなかったらしく、興味深そうに聞いていた。顔は米尊のほうを向いたまま、空いたグラスにさりげなくビールを注ぎ足す。そのしぐさも実に好ましかった。

あれほど身構えていたのが嘘だったかのように、麻里子と打ちとけられている。そのことに米尊は内心で大いに感動を覚えていた。

これも夜船が話題を提供してくれたおかげだろうか。だとしたらこの和菓子に感謝せねばなるまい。ふだんは甘いものをほとんど口にしない米尊だったが、思いきってひとつ食べてみた。ひと口で食べきれるという見立ては甘かった。四分の一くらいが口の中に収まらずにはみ出ている。たったこれだけを皿に戻すのはみっともない。そう考えて、はみ出た分を無理やり押しこんだわけだが、この判断が悪かった。

気道が餡子で塞がれて、息ができなくなる。とりあえず口の中のものを吐き戻したいが、麻里子の前で醜態はさらしたくない。口を押さえてトイレに向かおうと立ちあがる際に、座卓の角に脛をぶつけた。その衝撃で瓶が倒れ、卓上がビールまみれになる。それもどうにかしたいが、向こう脛を痛打した米尊は全身に痺れが走って、動けない。というか、呼吸ができないせいで、苦しくてならない。平和な午後が一転して修羅場となった。

「米尊さん、おはぎを吐き出して」

駆け寄ってきた麻里子が、布巾を差し出して米尊の背中を叩く。米尊は兄嫁の目に触れないように、ぐちゃぐちゃになった餡子と蒸し米を吐き戻し、布巾で覆った。

「九死に一生を得ました。まさに半殺し」

ギャグで照れ隠しをした米尊は使えなくなった布巾を脇に置いてズボンのポケットからしわくちゃのハンカチをとり出すと、卓上のビールを拭きにかかる。しかし、かなりの量がこぼれていたために、ハンカチの吸収力では太刀打ちできなかった。

「そんなことしなくていいから」

麻里子は米尊を押しとどめると洗面所からタオルを持ってきて、それで拭きはじめた。真っ白なタオルがみるみる黄色に染まっていく。

「せっかくのビール、すみません」

穴があれば入りたい気持ちで米尊が頭をさげると、麻里子は快活に笑った。

「いいのよ。それよりも、不器用なところは変わってないわね。緊張しいというか。安心したわ」

「えっ？」

「米尊さん、なんか雰囲気が変わったでしょ？」

そう言われても、本人にはまったく自覚がなかった。

「いやあ、どんな風に変わりましたか？」

「どう表現したらいいんだろう。男らしくなった……違うわね、人間的に深みが出てきた感じかな」

「はあ」

「以前が薄っぺらだったって言ってるわけじゃないのよ。そうじゃないんだけど、前にはなかった自信に満ちたオーラのようなものを感じる気がするわ」

どういうわけだろう。麻里子と会わなかった十数年の間に自分のなにが変わったのか。米尊に思い当たるのは、研究者としての成長ぶりくらいだった。

前回会ったとき、米尊はまだ助手（現在の助教）であった。自らの研究スタイルに迷いがあった時期だ。増田米尊の研究者としての人生はその数年後、開き直って変態フィールドワークという手法を開発してから、急に開けてきた。

革新的な論文を次々と発表し、賛否両論あったもののそれが認められて、助教授（現在の准教授）の椅子を獲得できた。学界での理解者は決して多いとは言えず、色モノ扱いされることもしばしばであるが、それでも米尊は満足していた。もしかしたらそういった心の余裕が、麻里子には人間的な深みとしてとらえられているのだろうか。だとしたら、もっけの幸いである。

「自分にはわかりませんが、そう言っていただけて光栄です」

恐縮するばかりの米尊の顔を、麻里子が真正面から見つめた。

「あ、顔に餡子がついてる」

「おや、どこですか」

慌てて口をぬぐったが、餡はついてなかった。

「ここよ」麻里子の指が伸びてきて、米尊の右頰についていた餡をぬぐいとった。「どうしたらこんなところにつくのかしら。子どもみたい」

麻里子が屈託のない笑顔を見せた。変わったのは自分ではなく、麻里子のほうなのではないだろうか。以前はもっと義弟を警戒し、距離を置いていたような気がする。このいきなりの接近ぶりはなんなのだろう。

米尊は不思議でならなかった。不思議ではあるが、ウェルカムである。高校時代からずっとつきまとっていた心のしこりが、いまようやく消えてなくなろうとしている。

そう思った瞬間、麻里子が魅力的な女性に見えてくるから不思議なものである。負い目があったせいか、米尊は麻里子を真面目ひと筋の堅物だと見なしていた。しかし、今日の振る舞いを見るかぎり、気さくに笑い合える楽しい女性ではないか。

と、麻里子の唐突な質問で米尊はわれに返った。

「米尊さんの研究方法ってとってもユニークなんですってね」

「あ、いや、そ、そうなんですよ」

再びしどろもどろになる。

「変態フィールドワークって言うそうね。米尊さん、高校のときから女の子のスカートの中を覗いていたものね」

いきなり核心を衝かれ、米尊はうろたえるばかりで、反論のことばが出てこない。麻里子がずいとにじり寄ってきた。

「米尊さん、小倉ではフィールドワークをしなくてもいいの？　わたしになにか協力できることはないかしら？」

麻里子の右手が米尊の股間に置かれた。たちまち勃起するのを自覚しながら、米尊はそっとあとずさった。

「ちょ、ちょっと待ってください。今回は夏休みで帰ってきているので、フィールドワークはやるつもりありません」

「そうなの」麻里子が至近距離まで顔を近づけてきた。「残念ね。楽しみにしていたのに」

　このシチュエーションをどう受け止めればよいのだろう。

　米尊はパニックに見舞われていた。麻里子は明らかに誘っているようだ。米尊のムスコはその後の展開を予想して、すでにめいっぱい膨張している。元同級生の義姉とのふしだらな行為の妄想が頭の中いっぱいに広がり、米尊の理性が吹っ飛んだ。

「麻里子さん」

　米尊が兄嫁の背中に右手を回し、抱き寄せようとしたそのとき、玄関から「ただいまーっ」という元気な声が聞こえてきた。

　変態数学者はやにわに右手を抜くと座卓に戻り、ビールを含んだタオルでとり繕うように座卓を拭きはじめた。麻里子もなにごともなかったように元の位置へ戻る。

　そこへどたどたと足音がして、すらっと長身の女子高校生が姿を現した。姪の紋である。まだ小学生に入ったばかりの女の子が、しばらく見ない間にすっかりひとりの女性に変身していた。

　紋は米尊や麻里子の後輩になるらしい。見覚えのある制服を身につけていた。

「早かったわね。今日は部活じゃなかったの？」

「練習しよったら、顧問の先生のお父さんが急に倒れたっち電話がかかってきたっちゃん。やけん、途中で中止になったと」紋は北九州弁で母に報告すると、米尊へは標準語で挨拶した。「米尊おじさんですよね、お久しぶりです。紋です」

お辞儀をした際に、丈の短い制服のスカートの裾が翻る。心臓が勝手にぴくりと動く。

紋は美人というタイプではなかった。愛嬌があってかわいらしい女子高生だった。部活に打ちこんでいるのか、顔も手足も健康的に日焼けしている。その割に適度に肉がついている。バストは母親を凌駕するほど成長を遂げていた。

「いやはや、大きくなったもんだね。び、びっくりだよ」

「おじさん、いまのはあたしの胸のことですか?」

とっさに視線をずらしたが、すでに見破られていたらしい。米尊はたちまち赤面した。

「やだあ、冗談ですよ。それよりも、おじさん変わりましたね?」

「そうかなあ。自分ではわからないんだが」

「そうよね、お母さん」紋は麻里子に同意を求めると、「なんて言えばいいのかな、男前になられたというか。すみません、失礼なこと言って」

「いやいや、お世辞でも嬉しいよ。紋ちゃんもすっかりきれいになって、学校でもモテモテだろう」

「んなわけないじゃないですか。あ、ぼたもちだ!」

紋の目が米尊の持参した土産をとらえた。

「お母さんたら、ずるい。あたしや俊彦が帰ってくる前にぬけがけしていたのね」

「人聞きの悪いことを。俊彦は米尊さんをここまで連れてきてくれたあと、遊びに出かけたわ。あなたも部活で遅くなると思ったから、お茶菓子としていただいていただけです。紋も食べるの？」

「モチ。ぼたもちだけに」

「じゃあ、持ってきてあげるから、手を洗ってきなさい。まったく、いつまで経っても子どもなんだから」

「はーい」

賑やかにかけ合いながら、ふたりの女性が居間から出ていった。

自分の家庭にはこのような血の通った会話が欠如している、と米尊は寂しい気持ちになった。米尊の家庭は、お互いが他人に無関心だった。同じ屋根の下に住んでいるのに、自分の居場所から積極的に出ようとはしないし、ことばも最小限しか交わさない。笑いなど絶えて久しかった。

人づきあいが得意ではない米尊は、家庭内でも余計なコミュニケーションをとる必要などないと考えていた。しかし、義姉と姪のなにげないやりとりに接しただけで、自分の考えは間違いだったと知ったのである。もっと温もりが欲しい。米尊はいま、自分がなにを求めているのかが、はっきりとわかった。

それにしても、あそこで紋が帰ってこなかったら、どうなっていたのだろう。思い返しただけで、顔が熱を帯びてくる。

米尊が脳内で先ほどの場面の続きを妄想していると、紋が戻ってきた。米尊は瞬時に妄想をシャットアウトし、なにごともなかったかのように姪に微笑みかける。続いて新しいビールと麦茶、それに夜船が載った盆を持った麻里子が居間に入ってきた。

「いっただきまーす」威勢よく宣言した紋は、三口で夜船を食べきった。「むっちゃ、おいしい。これ、米尊おじさんが買ってきてくださったんでしょう」

「ああ、そうだけど、綾鹿土産じゃなくて、小倉で買ったものなんだ」

「へえ、小倉にもこんな上品なぼたもちを売ってる店があるっちゃね」

もう一度、夜船の雑学をひけらかしたい気分になったが、麻里子がいるので自粛した。話のネタのストックが少ない男と軽蔑されるのではないかと恐れたのだった。麻里子に注ぎ直してもらったビールを飲みながら他の話題を探していると、紋が唐突に言った。

「お母さんさあ、今晩は冷シャブがいいっちゃけど」

「いまさらなによ。夕食のメニューはもう決まってるの。豆腐ハンバーグと焼きうどんよ」

「たまには肉を食わせろ。こっちは育ちざかりなんやけん」

「あんたはもう十分に育ってるでしょうが」

「せっかく今日はおじさんが来たんやけん、歓迎会をしようよ。肉に賛成の人？」

紋は自ら「はーい！」と手を挙げながら、「おじさんも肉がいいでしょ？」と米尊の腕をとり、持ちあげた。

「これで二対一。俊彦だって肉のほうがいいに決まっとうっちゃけん、よかろうもん」

「わかったわよ」麻里子は苦笑しながら、「まったく、しかたがないわね。それじゃあ、ちょっとスーパーまで買い物にいってくるから、紋はちゃんとおじさんの相手をしているのよ」

「はーい」

再度大きく挙手をして、紋は母親には見えない角度でぺろっと舌を出した。米尊が困惑していると、しばらくして麻里子が玄関ドアを開ける音がした。本当に買い物に出かけたようだ。

「これで一時間は帰ってこないわ」

紋が共犯者めいた目配せを寄越す。

「どういう意味？」

「いいから、おじさん、もっと飲んで」

米尊の質問には答えず、紋はまだ半分以上中身の残っているグラスにビールを注ぎ足した。

「ああ、ありがとう」

元来口下手な米尊が年の離れた姪とどんな会話をすればよいのか迷った末思いついたのが、夜船のネーミングの由来だった。麻里子がいなくなったいまこそチャンスであろう。同じ話も二回めとなると、語り口がなめらかになる。米尊がまるで昔から知っていた話のように巧みに語ると、紋は手を叩いて喜んだ。

「おじさん、物知りなんですね」

ストレートに褒められると面映ゆくなる。ことばを濁す米尊に、姪がいきなり爆弾発言をした。

「で、おじさんって変態なんですか？」

「どうして、そんなことを……」

「お父さんが言ってました。米尊おじさんは変態の研究で博士になったんだって」

かなり事実が捻じ曲げられているが、否定してどうなるものでもない。自分が変態であることは自分が一番よくわかっている。答えに窮する米尊を、紋がさらに追及する。

「どんな変態なんですか？　痴漢、下着泥棒、覗き趣味、それとももっと過激なやつですか？」

「あえて言えば、ストーキングと盗聴かな。ゴミ漁りも少々」ついついまじめに答えてしまう米尊である。「でも、どうしてそんな質問を？　紋ちゃんは変態に興味があるの？」

紋は意味ありげに「ふふふ」と笑うと、スカートの裾をちらっとめくった。小麦色の太腿が米尊の前にふいに現れた。

「おじさん、好きにして」

米尊の目が張りのある肌に釘づけになった。えも言えぬ絶妙な曲線が欲情を誘う。あの曲線を上にたどっていくと……想像しただけで胸が早鐘を打つ。

あのスカートの中に頭をうずめたい。妄想が核爆発を起こし、淫らな願望がキノコ雲のようにもくもくと立ちのぼる。股間は正直だった。キノコ雲に負けない勢いでそそり立ち、狭い空間から出口を探している。

それでもまだ理性の欠片は残っていた。股間を右手で隠し、「紋ちゃん、いったいどうしたの？」

「フィールドワークするんでしょう。あたし、協力します」

「いや、でも……マズいだろう」

「大丈夫、両親には内緒にしときますから」

「そういう問題ではなく……」

「あたし、そんなに魅力ないですか？」

「と、とんでもない。かわいいし、それでいてセクシーなところもあるし、完璧だよ」

「まだ、ヴァージンなんです」紋がだしぬけに告白した。「おじさん、相手になってもらえません？」

「えっ、それはムリ。ムリムリムリ、ぜったいムリ！」

米尊のムスコが急速に萎えていく。ズボンのツッパリ感もすぐに解消された。

「どうしてですか？　禁断の関係だから？」

「それもあるけど、もっと大きな理由は、おじさんが童貞主義者だからだ」

「童貞主義って、その年でまだ経験がないんですか？」

「むろんだよ」

「マジ？」

「マジもマジ。この期に及んで、嘘なんて言ってもしかたないからね」

「じゃあ、いったいどうやって性欲を処理されているんですか？」

「マスターベーションだよ」米尊がきっぱりと答える。「自分の手ほど信頼できるものはないからね。いつでも求めに応じてくれるし、そのときの気分に応じて強さや速さの調整もバッチリだ。

ただ、ひとつ難点がある」

「難点ですか？」

「ああ。頭の中で妄想をかきたててイクことも可能といえば可能だが、できればいいオカズが欲しい。そこで相談なんだが、オカズになってくれないか？」

「意味わかんない。どーしろって言うんですか？」

「一緒にオナニーするってのはどうだろう？　お互いオナッてるのを見ながらだと、すごく興奮すると思うんだが」

「そんなのヤですよ。あたしは健全な女の子なんです。ちゃんとしたセックスがしたいんです。どーして、オナニーごっこなんてしなきゃなんないんですか！」

紋がキレた。スカートの乱れを直して立ちあがる。

「ちょっ、こ、声がでかいよ。お隣さんに聞こえたら、バツが悪いだろう」

紋は委細気にせず、「あーあ、がっかり。ついにロスト・ヴァージンできるかと思ったのに」

「自分を粗末に扱っちゃダメだよ。紋ちゃんなら、必ずいい相手に恵まれるから」

「でも、おじさんみたいにフェロモンむんむんの殿方はそういないし……」

ちょっぴり心が動いたが、だからと言ってここで信念を曲げるわけにはいかない。

「セックスはお断りだ。悪いが、諦めてくれ」

「おじさんのいじわる」

米尊がハードボイルドな私立探偵めかして毅然と言い放つと、紋が両手で目のあたりを押さえ居間から駆け出ていった。身を翻すときにスカートの裾がふわりとめくれあがり、白地にブルーの水玉模様のパンティが米尊の網膜に焼きついた。その残像だけで三回はヌケる。米尊は思わぬ眼福を喜びながらも、大いに当惑していた。

これまで半世紀以上、フェロモンということばとは縁遠い世界に生きてきた。よからぬ目的で米尊のほうから女性に近づくことは日常茶飯事だったが、女性から米尊にすり寄ってくる事態など、これまで考えられなかった。しかも一日にふたりから言い寄られるなんて、なにかが間違っている。

気がつくと耳の奥で音が鳴っている。最初はかすかな音だったのに、徐々にヴォリュームが大きくなり、いつしか爆音になっている。ノイズの洪水。音圧で鼓膜が破損しそうな気になってくる。鳴っているのはギリシャ生まれの数学者であり現代音楽作曲家でもあるヤニス・クセナキスの『ペルセポリス』だ。

(……ヤバい)

これまでの経験に照らすなら、この曲が流れてくるのは米尊が危機に陥りそうになったときに限られていた。クセナキスが米尊に警鐘を鳴らしているのだ。

(このまま実家にとどまっていると、きっとよくないことが起こる)

本能的にそう悟った米尊はグラスに残ったぬるくなったビールを飲み干し、荷物を抱えてそそくさと実家を飛び出した。そしてバスで小倉駅まで出ると、新幹線に飛び乗った。その日の夜十時過ぎには綾鹿のわが家に帰り着いていた。

かくして、増田米尊の帰省は実家滞在時間わずかに八十九分で終わった。

旦那のいない間、羽を伸ばせるともくろんでいた妻は、米尊をねちねちとなじった。おかげで増田は休暇申請をしているにも関わらず、翌日大学へ顔を出すはめになった。

3

お盆明けには学会が予定されていた。すでにプレゼンテーション用の資料は完成していたが、せっかくだからじっくり手を加えて、完成度をあげよう。そう思ってパソコンを立ちあげた増田はわが目を疑った。発表用の資料が、いつのまにか見たことのない文書ファイルに置き換わっているではないか。

「処女作」

(なんじゃ、こりゃ?)

増田はわけもわからず、ファイルを開いたのだった。

処女作

阿久井一人

1

　横田《よこた》ルミは頭を悩ませていた。原因は綾鹿科学大学ミステリ研の機関誌『十戒《じっかい》』にある。この機関誌への寄稿のしめきりが三日後に迫っている。

　元々ミステリにそれほど興味があったわけではない。ミステリ研などというマニアックなサークルに所属しているのも、高校時代からボーイフレンド気どりの都筑昭夫《つづきあきお》から半ば強引に入部を誘われたからに過ぎなかった。

　都筑は単なるお友達以上の関係を求めてあれこれとアプローチをしかけていたが、ルミのほうはそれを望んでいなかった。そのため知り合ってもう三年以上になるが、ふたりはまだセックスの経験がない。古典的な手法であるが、振り向きざまのアクシデントを装って唇を奪われたことはある。デートの際に偶然めかして身体のいろんな部分に触れてくるのも知っている。それでもルミは都筑を相手に一線を越えることは頑として拒んでいた。

ルミはいわゆる夢見るお姫さまタイプの女性だった。くりくりとよく動くつぶらな瞳とつんとがった鼻、両脇にえくぼを携えた形のよい唇は世の男性の過半数の心を鷲づかみにする条件を満たしていた。これでフリフリのドレスを着て、髪の毛が縦ロールだったら完璧だという声もあったが、そこは趣味の分かれるところであろう。

一方で、あまりにおっとりとしすぎて世間的な常識に欠ける点、いつも夢想ばかりしていて会話が成立しにくい点、周囲の異性を下僕と勘違いしているふしが認められる点など、世の大多数の男性から煙たがられる性格も兼ね備えていたため、ルミとの交際が長続きした経験のある男は稀だった。事実、横田ルミとのつきあいが少なくともキスの段階まで発展したというのは都筑昭夫が初めてだったのである。

ルミとしても、都筑は他の一般男性とは異なる存在という認識はもっていた。だからこそ彼に誘われるまま、ミッション系の女子大ではなく綾科大という野暮ったい大学の農学部に進学し、テニス部でもラクロス部でもなくミステリ研というオタクっぽいサークルの門を叩いたのである。それからおよそ一年が経とうとしていた。

入部するまでに知っていたミステリは、シャーロック・ホームズの生みの親のファーストネームをとったシリーズと少年のほうの金田一シリーズくらいだったルミにとって、この一年弱のサークル活動は新鮮なものだった。サークル活動といっても、週に一度ミーティングと称してファミレスに集まっては、だらだらと読了したミステリの感想を述べるだけというもの。さほど建設的とも想像的ともいえない活動だったが、この「ゆるさ」がお姫さまのリズムにマッチしたのだろう。

部長は岩谷薫《いわやかおる》という内臓脂肪をたっぷり溜めこんだ医学部の三年生。薫は典型的な本格オタクであり、小学生の時分から英米の黄金期の名作と呼ばれるパズラーの古典を読み漁っていた。中学時には日本の新本格に目覚め、高校時からは同時代的に本格ミステリの新刊に耽溺してきた。読了した推理小説はすでに二千冊を超え、その九割が本格ミステリという筋金入りのマニアである。綾科大のミステリ研も薫が作り、以来、ずっと部長を務めている。

実家は個人開業医だったが、最近は患者数が減り、病院経営は厳しい状況が続いていた。しかし薫の母は、こういう時期だからこそ医者の果たすべき社会的責任は大きい、と薫に岩谷病院の跡継ぎを期待した。ところが当の本人は学業のほうは落ちこぼれ気味で、ミステリに没頭する毎日だった。

口下手で内向的な性格の薫は、同級生らがうつつを抜かしている合コンなどには興味を示すそぶりも見せず、暇さえあれば本格ミステリの読破に努めていた。そして、その感想を週一の定例ミーティングで披露するのをなによりの楽しみにしていた。それだけではあきたらず、読了本の詳細な分析を自らのブログに日々アップしており、ネット書評の世界では〈ネ申〉と呼ばれるカリスマだったのだ。

ミステリ研には他に二名の部員がいた。薬学部の那智章彦《なちふみひこ》と工学部の岡本勉《おかもとべん》、ともに二年生である。

那智章彦は副部長であり、部長とは反対にやせぎすの神経質な男である。彼は学業以外で学生生活を謳歌するのに忙しく、バイトに麻雀、そしてミステリに没頭する毎日だった。ミステリはオールラウンドに読んでいたが、特に好きなのがホラー。ホラーについて語らせたら、夜通しでも語っていられるほどの知識をもっていた。

一方の岡本勉は、一見したところ体育会系、それもラグビーやアメフトなどの運動量の大きなスポーツをやっていそうな立派なガタイをしていた。それでいて書斎派であることは間違いないらしく、片時たりともミステリの新刊本を手放すことがない。岡本は新刊の話題作であればなんでも読んでいたが、あえて言えば冒険小説やクライムノベルが好きだった。

かように本の虫がそろったミステリ研であったが、横田ルミが入部してからというもの、それまで紙上の死体にばかり向けられていた那智と岡本の興味の何割かが、生身の女子大生に向けられるようになった。那智はなにかにつけてルミをデートに誘いたがり、岡本は毎日のようにルミのスマホにメールやSNSのメッセージでラブコールを送った。岩谷部長は部員の恋愛ごっこに干渉する気はないようで、もっぱらフィクションの世界に逃避していた。

周囲の男どもからちやほやされることに慣れていたルミは、新しい環境を素直に受け入れ、男性部員と適当な距離をおいてつきあっていた。決して恋人関係に発展しない程度のつきあい……

お姫さまとしては、白馬に乗った王子さまが現れるまでは純潔を守りとおす覚悟だった。少なくともミステリ研の都筑、那智、岡本の三人はプリンスと呼ぶには不適格な男性ばかりであった。

こんな状況下で奇異な現象が起こった。ある日ルミは妊娠してしまったのである。この事実を知ったとき、ルミは途方に暮れた。原因がわからなかった。誰ともセックスをしていないことは自分が一番よく知っている。正真正銘のヴァージンにもかかわらず、ルミのお腹の中には新しい生命が宿っていた。

原因に思い当たるふしはなかった。それでもお腹の生命体の父親として考えられるのは、ミステリ研の面々だけだった。彼らとはそれぞれふたりだけで時間を過ごした経験もあり、性交渉には遠く及ばないまでも、肉体的な接触くらいならばあった。だがそれ以外の男性とは、この一年近くいよいよ没交渉だったのである。結局、誰が父親なのかわからないまま、ルミは誰にも知らせずに堕胎処置をおこなった。まだ王子さまも現れていないのに、名もわからぬ下僕との間に子をなすなど、言語道断であった。

このとき原稿のしめきりに悩むルミの頭に天啓がひらめいた。自分が遭遇した奇禍を小説にしてみてはどうだろう。それを読む男性部員の表情やしぐさを観察していれば、ルミを危うく未婚の母にしようとした不届き者の正体もきっとわかるに違いない。

思いつきは素晴らしいものだったが、同時にひとつ問題もあった。『十戒』は部長の岩谷薫の独断により、ガチガチの本格ミステリしか掲載しない方針だったのである。誌名も有名な〈ノックスの十戒〉からとられており、なんでもこの十戒を守っていない原稿は即ボツにされるという話である。ルミは改めて〈ノックスの十戒〉に目を通した。

はたして自分ははじめて書くミステリにこんな規則まで課して、無事に完成させられるだろうか。ルミはまるで自信がなかったが、とにかく書くだけ書いてみることにした。

2

処女の密室

［問題編１］

蛸《たこ》ミルヨ

神に助けを求めたのも無理もない。きみは一度も男性と肌を重ねたこともないのに、妊娠してしまったのだから。

処女懐胎といえば、誰しも聖母マリアの伝説を思い出すだろう。ならば、きみの子宮の中にいる生命はキリストの再来なのか？　まさかそんな奇跡が起こるとも思えない。だから、きみは悲しんでいるのだ。

「おめでとうございます。二か月になります。これからが大切な時期ですので、お大事になさってください」

本人がまるで妊婦のような体型の産婦人科医から笑顔でそう言われたとき、きみはさながら受胎告知を耳にしたマリアさまのように耳を疑ったね。単なる生理不順と思っていたのに、いきなり妊娠を告げられたのだから、無理もないよ。

ともかくきみは、まず懐妊の原因を探った。きみの周りにはきみに想いを寄せる男が数人いた。誰とも性交をした覚えはなかったけれど、現に妊娠している以上、このうちの誰かがなんらかの手段を弄して、劣情を満たしたと考えられた。

胎児はいまが二か月めという診立てだった。記憶を手繰り寄せ、きみは二か月半前の合宿に思い当たった。あのときの三人の男は機会と手段があったのではないか。

ひとりめの容疑者は沓路《くつじ》という男。沓路はきみとのつきあいがいちばん長い。その分、きみが最も気を許せる相手だった。かつて一度だけ無理やりキスをされた嫌な思い出があったけれど、それはもう一年以上も前のこと。そのときにだって相手の舌は前歯のバリケードでちゃんと食い止めたから、それが妊娠の原因であるはずはない。もし考えられるとしたら……。

合宿の日は、初秋だというのにとても暑かった。沓路と家が近かったきみは、彼とふたりでバスに揺られて合宿の目的地に向かっていた。市内でバスに乗ったときには座席は八割方埋まっていた。やがてバスは郊外に出、稲穂の垂れる田園地帯をひたすら走った。その間に乗客はひとりふたりと降りていき、キャンプ場のある山間部に入ったときには、きみらふたりだけになっていたよね。

でこぼこ道の心地よい揺れに身を任せるうちに、きみはうつらうつらしはじめた。そして道路の穴かなにかにタイヤをとられたバスががたんと大きく揺れた衝動で目を覚ました次の瞬間、顔を赤らめたのだった。短いスカートの裾が大きくめくれて、下着が見えていたからだ。

慌てて裾を直しながら、きみは一瞬前に目にした光景は幻だったのだろうかと考えていた。見間違いでなければ、沓路の右手がきみの左の太腿のあたりからさっと引っこめられたのだ。なにげなく沓路の股間に視線を落としたきみは、再び頬を紅潮させることになった。ジーンズの股のつけねの部分が窮屈そうに盛りあがり、そのてっぺんがなにかの液体で濡れているのを目撃したからだ。沓路は恥ずかしそうにうつむいたまま顔をあげようとしなかった。

ふたりめの容疑者は知名《ちな》という男。きみと知名とのつきあいは決して長いものではない。きみが今春この趣味の団体に入ってからだから、まだ半年ほどしか経っていないよね。会ったその日から、知名が舐めまわすような好色なまなざしを向けてくるのに、きみは辟易していた。なるべく知名とはかかわらないように気をつけてきたが、そうこうするうちに、あの合宿の夜が訪れた。

知名は食事担当だった。パエリア、チキンの香草焼き、ビーフシチュー……彼の作ったアウトドア料理とは思えないほどの豪華なメニューに正直きみは驚いたね。ちょっと焦げたサフランライスやジューシーな鶏胸肉に舌鼓を打ち、生ぬるいビールや焼酎のお湯割りで怪気炎をあげていたきみは、ビーフシチューを口に運んだとたん猛烈な睡魔に襲われたのだった。

いつどうやってひとり用のテントに入ったのか、きみの記憶はすっかり抜け落ちている。はっきりしているのは、翌朝目覚めたときに頭の芯に疼くような痛みを覚えたこと、そしてどういうわけか下着がぐっしょり濡れていたこと。なによりショックだったのは、テントの出入り口付近に見覚えのあるバンダナが落ちているのを発見したこと。それは前夜、知名が頭に巻いていたバンダナだった。

三人めの容疑者は元丘《もとおか》という男。元丘ときみが出会ったのも半年くらい前、きみがこの団体に入ったときだった。元丘は知名とは違って、あからさまにきみに関心を示しはしなかった。でもさわやかな笑顔の裏側には、したたかな邪心が隠されていた。彼はさりげなくきみのメールアドレスを聞きだすと、なにくれとなく気づかいのメールを送ってくるようになった。そうやってきみの警戒心が解けるのを待ったんだ。

合宿の二日め、元丘は突如牙をむいた。起きぬけの衝撃を紛らわせようと雑木林を散策するきみの前に、彼はだしぬけに現れた。ズボンのチャックを開け、男性器を露出した正視に耐えられない恰好のままで。元丘は悪びれるようすもなく近づくと、いきなりきみをはがいじめにした。口をふさがれ、地面に押し倒されたきみはパニックに陥ったね。とり乱して意識が次第に遠のいていく。耳もとに吹きかけられる熱い吐息、背中に回されたたくましい腕の圧力、地面を踏みしめる乾いた音……きみはたちまち意識を失った。

意識が戻ったとき、元丘は慌てて立ち去るところだったね。下腹部に鈍い痛みを覚えたきみは、呪いのことばのひとつも投げかけたかったけど、喉にこみあげてきたのは苦いものだけだった。

いま思えば、あの合宿は最初から最後まで男たちのようすがおかしかった。あれ以来きみは怖くなって、三人とは距離を置くようになったんだ。

［読者への挑戦1］

勘のよい読者のみなさまであれば、ここまでの記述で、主人公の女性を妊娠させた相手がおわかりかと存じます。その犯人と犯行方法を論理的にご指摘くださいませ。

3

『十戒』最新号に掲載された横田ルミの処女作を読み進めてきた綾科大ミステリ研の男性部員たちは、［読者への挑戦1］という大仰な文章に面食らって顔をあげた。その場にルミがいないのを確認して、岡本勉が抗議する。

「なんじゃ、これ？　全然ミステリになってないじゃん。それに俺そっくりの名前の卑劣漢が出てきて、気分わりいや」

「元丘ってやつだな」那智章彦が同期の工学部生の肩を叩いた。「それを言うなら、知名ってのは俺なのか？　こっちもひどい書かれようだ」

ふたりの先輩の顔を交互に見つめながら、都筑昭夫が困惑顔になった。

「だったら、沓路って変わった名前の人物はぼくでしょうね。都筑のローマ字表記TSUZUKIを組みかえたら、KUTSUZIになりますから。そもそも蛸ミルヨなんてセンスの悪いペンネーム自体、ヨコタルミの並べかえですし」

「ってことは、だ」岡本がとり囲む面々を見渡した。「これはミステリの形を借りた告発なのか？」

「ははん。岡本、さてはてめえ、ルミちゃんを襲ったな？　雑木林で押し倒したってのは本当か？」

那智がなじるように言うと、岡本がすかさず反論する。

「バカ言うな。きさまだって、ルミちゃんのテントに押し入って、無理やりヤッちゃったんだろうが。睡眠薬で眠らせたか」

「でまかせだ。睡眠薬なんて書いてないじゃないか」

「料理担当は知名、しかも『ビーフシチューを口に運んだとたん猛烈な睡魔に襲われた』って書いてある。きさまがなにをやったか、歴然としている」

先輩たちの言い争いを、一年下の部員が仲裁した。

「岡本さんも那智さんもやめてください。だいたいうちのミステリ研は合宿なんてやってないじゃないですか。これは全部、横田ルミの創作ですよ」

ところが、都筑のことばを聞いたふたりは頬をこわばらせて、お互いの顔を見つめ合う始末だった。軽いジョークでも返ってくるかと待ち構えていたのに、妙に深刻なようすである。

「合宿というのはフィクションだとしても、もしかしてふたり、似たようなシチュエーションで身に覚えがあるんじゃないの？」これまでじっと押し黙って聞いた岩谷薫が初めて口を開いた。

「私に嘘は通じないからね」

部長の権威は絶大だった。那智の目が泳いだかと思うと、次の瞬間には頭をさげていた。

「すみません。秘密にしておくつもりだったんですが、似たような場面に遭遇したことはあります。実は前期試験が終わったあとの合コンのとき……」

「あんたが合コン？」

「はい、軽音楽部の連中に持ちかけられて。四対四になるように、岡本とルミちゃんも誘いました」那智が部長の顔色をうかがう。「お誘いしたほうがよかったですか？」

「いや、私は結構。先を続けて」

「ルミちゃんは一次会の途中でべろべろに酔っ払っちゃって寝てしまいました。場はとても盛りあがっていてお開きにするにはもったいなかったんで、俺が空いていた別室に彼女を運んだんです。そのときにハンカチを落として……」

「小説の中でバンダナに置き換えられているやつか。で、どうなの？　彼女の酒か料理に妙な薬を混ぜたんじゃない？」

「めっそうもない」那智は大声で否定した。「そんな卑劣なまねはしません。『頭の芯に疼くような痛みを覚えた』っていうのは、単なる飲みすぎでしょう」

「『下着がぐっしょり濡れていた』という意味深な記述もあるけど？」

「それは……」那智は一瞬言いよどんだが、なにかを決心したように顔をあげて、「失禁しちゃったんですよ、彼女。さすがに俺、見てられなくて、立ち去りましたよ」

「ホント？」

「間違いありませんって。だって俺、あの日は軽音の一年生の女子とホラー話で意気投合して、結局彼女の部屋に泊まることに……」

部長は小声で「ったく、最近の若い娘は」と吐き捨てると、岡本に向かって「あんたは？　申し開きできる？」と訊いた。

「はい。やっぱりその合コンの夜、この小説の元丘とよく似た場面に遭遇しました。俺は那智みたいな幸運には恵まれなかったんで、泥酔したルミちゃんを家まで送っていく役を任されたんです。その途中の道で、前から人相の悪いお兄さんたちが歩いてきて……なにを思ったのか、ルミちゃん、ふらふらとそのお兄さんのほうに近づこうとするんですよ。実は俺、そのとき電柱の陰で、その……立ちションしていたんですけど、悠長に構えている場合じゃなかったんで、とりあえず彼女の腕をとって阻止しようとしたんです。それでも前に進もうとするからしかたなく身体を抱えこんで、見つからないように道路に屈んでやりすごしました」

「冒険小説が好きなくせに、意外と情けないな」

部長がにべもなく言うと、岡本は照れ隠しに愛想笑いを浮かべた。

「見かけ倒しだってよく言われます。ともかく危険が去って安心していたら、ルミちゃん、ふと酔いが醒めたみたいで、突然一目散に逃げていったんですよ」

「『下腹部に鈍い痛みを覚えた』という記述があるけど?」

「勘違い、あるいは食べ過ぎによる腹痛じゃないですか。それから、『喉にこみあげてきたのは苦いものだけだった』とありますが、正体は吐き気だったと思いますよ」

部長は心底あきれたようすだった。そして、だぶついた肉でどこが先端だか判然としない顎を都筑に向けると、「きみは?」と問う。都筑はぶるぶると首を左右に振った。

「ぼくはその合コンに誘われていません。ただ、小説の沓路と同じような体験はしました。夏休みにふたりでバスに乗る機会があったんですよ。高校時代の同級生何人かが恩師の実家に招かれて。実家というのが綾鹿市のはずれの山の麓で……」

「で、おまえは寝こんだルミちゃんのスカートがめくれて下着が見えているのに欲情して、お触りしちゃったわけか」

那智が下品な笑みを浮かべると、岡本がさらにいやらしく追及した。

「きみのムスコは興奮のあまり勃起し、射精までしちゃったわけだね。ご愁傷さま」

「冗談じゃないですよ」都筑が顔を真っ赤にしてどなった。「確かに彼女は寝相が悪く、ガードも甘くなっていました。下着も見えていたし、それで多少は興奮したことも認めます。でも、射精なんて言いがかりです。あれはだ液ですよ。ぼくもつい直前まで彼女と同じように眠りこけていたんです。そしたらいつのまにかよだれを垂らしていて、それが運悪く股間に落ちて、染みを作ってしまっただけで」

「ふん」部長は納得いかない表情で、「右手を彼女の太腿から引っこめたというのは？」

「それだって誤解です。ぼくは彼女のスカートの裾を直してやろうと思ったんですよ。友人として見て見ぬふりはできないほど、はしたない恰好だったから。そしたらその瞬間彼女が目を覚ましたんで、ばつが悪くなって手を引っこめた。それだけのことです。仮に、ぼくが彼女の太腿を触ったとしても、それだけで妊娠するはずないじゃありませんか」

編集作業をひとりでこなし、すでにルミの作品の結末を知っている部長が思わせぶりに笑う。

「ところでみんなは、この『処女の密室』っていう小説のタイトル、どう思うの？」

「ここまでのところ密室は出てきていませんよね？」

都筑が確認を求めて問いかけると、那智と岡本は即座に首を縦に振る。しかしながら、部長は嘲るように言った。

「これだから童貞くんはダメ。那智、さっきの話だとあんたは軽音の女子とそれなりの経験をしたみたいだけど、それでもこのタイトルの意味がわからないの？」

「いや、結局朝まで一緒にホラーの話をしていただけで……」

那智がぼそぼそ言い訳するのを部長が遮った。

「わがミステリ研の男どもは、どいつもこいつもヘタレか。いいかい？　主人公はヴァージン。つまり、まだ処女膜を持っているってこと。彼女の子宮こそが、膜に閉ざされた空間、つまり密室ってわけだ。だから［読者への挑戦1］は、この密室にどうやって精子が入りこみ、卵子と相まみえたのか、というのが問題の真意」

「そうだったんだ！」

他のふたりの思いも代表して、岡本が声をあげたとき、部室のドアが開いてお嬢さまという呼び方がぴったりな風貌の女性が入ってきた。

「あ、みなさん、あたしの処女作を読んでくれているんですね。うれしいなあ。で、犯人わかりました？」

ルミが覗きこむ。他のメンバーもいそいそと小説の続きを読みにかかった。

4

［問題編2］

きみは悩んだ。お腹の子を産むのか、それとも堕《お》ろすのか。そしてついに勇気ある決断をした。産もう、と。

次第に大きくなるお腹がなるべく目立たないように、きみはだぶだぶの衣装を愛用するようになった。女性の友人はすぐになにがあったか気がついたようだ。だが、男どもは無神経だった。例の容疑者三人にしても、きみの身体の変化には気づかず、そればかりかときには、最近太ったみたいだね、などと頓珍漢な発言をして、きみを苦笑させた。

やがて臨月まであとひと月という頃になると、もう身体のラインを隠し通すことはできなくなった。きみはそれでも趣味の団体の会合には顔を出していた。さすがに沓路も知名も元丘もきみの妊娠に気づき、労わるようになっていた。

その会合のあと、きみの送別会がささやかに開かれた。子どもを産むとしばらくは活動に参加できなくなる。そんな事情を考えたうえでメンバーが催してくれたので、本当は億劫だったきみも無理に笑顔を作って参加した。沓路はさかんにビールをすすめたが、さすがにお酒を飲むのは遠慮した。知名は前祝いと称してやたらと甘い羊羹をくれた。あまりに甘くてもてあましていると、元丘が水を持ってきてくれた。甘すぎる食べ物のあとで飲む水は、苦く感じられたね。

わきあいあいムードで進行する会の途中で、きみの身体に異変が起こった。トイレに駆けこみ、膣口に手を当てる。水っぽいおりものと出血が確認された。突然、破水したのだ。耐えられないほどの激痛が押し寄せ、きみは意識を失いそうになった。沓路がタクシーを呼び、きみにつきそって産婦人科の病院に向かった。

事態は切迫していた。どうせだったらかわいらしい女の子がいいな。きみは激痛にみまわれながらも、一方ではそんな希望を胸に分娩台に身体を横たえた。そこできみは恰幅のよい白衣の男性から無情なひと言を投げかけられた。

「残念ながら、お腹の中の赤ちゃんはすでに亡くなっています」

きみは麻酔をかけられ、手術によって死児がとりあげられた。体重千グラムを下回る低体重の男児だった。この二十四時間以内に死亡したという説明をぼんやり聞いた。

きみは半狂乱になり、しばらくはまともにものも食べられない状態だった。なにもする気にならず、来る日も来る日も涙にくれていた。でも、ただ嘆き悲しんでいただけではなかった。なぜ赤ちゃんが死んでしまったのか、その理由を考え続けたんだ。その結果、きみは気づいた。これは巧みに仕組まれた殺人だと。

［読者への挑戦2］

今回の趣向は、子宮という密室を舞台に繰り広げられた殺人事件です。母体の中の男の子は誰によって、またいかなる方法で殺害されたのか。さあ、あなたの灰色の脳細胞をフルに活性化させて、この謎に挑んでください。ガンバ！

5

「おい、なんか俺らに対して悪意が感じられるんだけど、これ、本当に論理的に解けるんだろうな？」

那智章彦が横田ルミに疑わしげな目を向けた。

「解けますよ。ちゃんと〈ノックスの十戒〉を参考にしたんですから。でも……」

ルミが言いよどむと、岡本勉がすかさず突っこむ。

「でも？　やっぱ自信ないのかよ。ま、処女作だから仕方ないか。処女作が処女をテーマにした密室という趣向は買うんだけどな。ところで、このモデル、ルミちゃんだろ？　きみ、本当に処女なの？」

　岡本がさらりと口にしたセクハラ発言に対して、ルミは「もちろんです！」と答えそうになったが、すんでのところで思いとどまる。

「さあ、どうでしょう？　そんなことより、ミステリ研の部員らしく、華麗な推理で解決してくださいよ」

「胎児の殺人については」都筑昭夫が思考をなぞりながら語る。「どう考えても知名と元丘が怪しいでしょうね。知名は甘すぎる羊羹を渡しています。この中に陣痛促進剤が入っていたのではないでしょうか。あるいは元丘が渡した水に入っていた可能性もある。苦く感じたのは甘いものを食べたあとだから、というのはトリックないしレトリックで、薬が混じっていたからなのでは？」

　すぐに那智が歯をむいた。

「それだと知名と元丘のどちらか絞りこむことはできないじゃないか。それともふたりは共犯か？　だったら主人公を孕ませたのもふたりの共犯ってことかよ？　バカバカしい」

　岡本が加勢する。

「陣痛促進剤は陣痛を早めるためのもので、破水とは関係ないんじゃないか？　破水を促進する毒物なんてあるのか？」

「さあ、そんなことまでぼくは知りませんよ」

都筑が口を尖らせると、岩谷薫が言った。

「十戒の第四項、『未知の毒薬を犯行に使ってはならない』。だから、この場合、聞いたこともない毒を胎児の死因とするのは禁じ手。横田ルミ、それでいいかな？」

「さすが部長ですね」ルミが手を叩く。「犯人は知名でも元丘でもありません」

「じゃあ、沓路か？」と、那智。「病院まで一緒にタクシーに乗りこんだんだろう？　そのときになにか策を弄したんじゃないか？」

「そんなことひとつも書いてないじゃないですか」まるで自分が名誉を傷つけられたみたいに都筑が必死になって否定する。「十戒の第八項、『探偵は読者に提出しない手がかりで解決してはいけない』。きみはちゃんとこの基本中の基本を守っているよね？」

尋ねられたルミは明るく「はい」とうなずいた。岡本が頭をひねる。

「だとすると、ますます犯人がわからんな。まさか、産婦人科医が犯人なんてことはないか？　密閉した空間で死んだと思わせておいて、実はドアが開いたときに早業で殺すというのは、密室トリックの定番なんだけど」

「そうなんですか」ルミは本格ミステリへの無知ぶりを発揮しつつ、「もちろん違います」

「わけがわからん。やっぱり最初の問題に戻って、子どもの父親の正体を考えたほうがいいのかなあ。主人公を身ごもらせたのと子どもを殺したのは同一人物なんだろ？」

「さあ、どうでしょう？」

またもルミがとぼけると、部長が補足した。

「真犯人はひとりが望ましいというのは、〈ノックスの十戒〉ではなく、〈ヴァン・ダインの二十則〉。父親の正体を考えるのはいい作戦かもしれない」

「よーし」都筑が気合を入れる。「でも、子宮は処女膜で遮られて、密室状態なんですよね。ペニスの挿入ではない精子の送りこみ方法を考えなければならないわけか……」

「オーラルセックスはどうだ?」那智が野卑な笑みを浮かべた。「口から飲みこんだ精液が体内を通って子宮に到達したんじゃないか?」

すぐに岡本が異論を唱えた。

「無茶すぎる。むしろアナルセックスの可能性のほうが高いんじゃないか? 肛門からあふれた精液が垂れてヴァギナに到達し……あ、でも結局は処女膜の壁に阻まれてしまうわけか」

「もう、やめてくださいよ!」ルミが顔を真っ赤にしてかぶりを振る。「あたし、そんな変態じみたまねをしたことも、させられたこともありません!」

その発言に都筑が反応した。

「あ、やっぱこの小説、ルミちゃんの体験をもとにして書かれているんだね。だったら答えは簡単だ。正解は想像妊娠。夢見るお姫さま気分のルミちゃんは、夢で出会った王子さまと結ばれ、子宝を授かったつもりになる。本心から信じこむと、身体に変化が現れたりするっていうじゃない」

「いくらなんでも、それはないだろう。ねえ、ルミちゃん？」

那智の指摘にこくりとうなずく作者に、部長が命じた。

「横田ルミ、そろそろ答えを教えてあげな」

「え、あたしの口からですか。〔解答編〕を読んでもらったほうが早いのに……」

ルミは自作の結末を語るのが恥ずかしいらしく、しばらく口ごもっていたが、部長が譲らなかったので、しぶしぶ語りはじめた。

「子どもの父親は元丘です。沓路はあたし、じゃなくて主人公の下着を見て興奮し、思わず射精したかもしれませんが、触ったのは太腿だけなので妊娠するはずありません」

途中で都筑は「ない、ない」と何度も否定したが、ルミは耳を貸さず話を続けた。

「知名と元丘にはどちらもチャンスがありました。ですが、知名さんは犯人ではありえません。なぜなら、知名さんはローマ字表記に直したらＣＨＩＮＡ、つまり中国の意味になるからです。〈ノックスの十戒〉の第五項では中国人を重要な役に起用することを固く禁じていますので、知名さんが犯人であるはずはないのです」

那智が「そんなアホな！」と叫んだが、ルミの口が閉ざされることはなかった。

「この『処女作』の作者のペンネーム、蛸ミルヨはあたし、横田ルミのアナグラムになっていますが、実はこれがヒントになっていたのです。いま述べたＣＨＩＮＡもそうですが、父親の正体もアナグラムであぶり出されます。ＭＯＴＯＯＫＡを並べかえると、ＭＡＯＴＯＫＯ＝間男という文字が浮かび出てきます」

「ちょっと待てよ」岡本が割りこんだ。「俺がルミちゃんを妊娠させたって言うの？　俺はあのとき、怖いお兄さんからきみを守ってあげただけじゃないか。百歩譲って俺があのとき立ちションに見せかけて、きみにザーメンをぶっかけたとしよう。でも挿入はしなかっただろ？　きみが自己申告どおり本当にヴァージンであれば、精子の侵入は処女膜で阻まれるはずだろう？」

「この男根主義の童貞野郎め！」部長が一喝した。「処女膜をヴァージンの象徴としてやたらとありがたがるから、そんな妄言を信じてしまうんだ。いいか、よく聞け。処女膜には穴がいくつも開いているんだ！」

「え、密室じゃなかった？　そんな殺生な。ならば、秘密の抜け穴を禁じた〈ノックスの十戒〉の第三項に抵触するじゃないですか」

「自分の無知を棚にあげて、ほざくんじゃない！　処女膜が膣口をふさいでいないことなんて常識なんだよ！　でないと、経血が出てくるはずないじゃないか！」

「あっ」

那智と岡本が同時に声をあげてフリーズした隙に、都筑がルミに質問した。

「じゃあ、〈問題編2〉の犯人も岡本さん、じゃなくて元丘なの？　こっちは本当の話じゃなくて創作だよね？　いくらなんでもルミちゃんのお腹が大きくなっていたら、ぼくたちだって気づいたはず」

「小説の中で赤ちゃんを殺したのは主人公です。彼女はトイレに駆けこんで破水と出血を確認する前に、膣口に手を当てています。そのときに長い針状のものを刺しこんだのです。胎児が暴れ、その結果、破水したのです」ルミは寂しそうに笑って、「実際は妊娠がわかったあたしはすぐに堕胎しました。だから、自分で殺したも同然なのです。あたしはこの小説を書くまで、誰のせいで妊娠したのかわかりませんでした。最も可能性が高いのは岡本先輩かと思い、そういう解答を用意しましたが、実はどうでもよかったのです。あたしの処女作を読む人をじっと観察していれば、きっと本当の父親がわかると考え、それを確かめるのが、この小説の目的だったのですから」

「で、真犯人はわかったの？」

一旦は犯人にされた岡本が気をとり直して訊くと、ルミは大きくうなずいて、ひとりの人物を指差した。

「犯人は岩谷部長、あなたですね！」

それまで容疑者扱いされていた三人はこの指摘に声をなくした。部長が不敵な表情のまま黙っているため、おそらく当たっているのだろう。部長とルミの両方の顔を交互に見ながら、那智が質問する。

「どうして？」

「あたしの原稿、いつのまにか書きかえられていたんです。一人称で書いたのがなぜか二人称になっており、すべて間接話法にしていたのに、二箇所だけせりふが直接話法で書かれていました。

それで、ようやくわかったんです」

「そうか！」遅まきながら都筑が気づいた。「産婦人科医というのが部長のことだったのか。部長の実家の岩谷病院は、たしかに産婦人科だったもんな。ルミちゃん、そこへ診察にいったのか。でもどうやって……」

「都筑の想像妊娠説が近いセンだったのさ」岩谷薫がうそぶく。「ルミがうちの病院にきたときには私も驚いたよ。診察はすぐに終わった。母に訊いたら、実際には妊娠などしてなくて、単なる生理不順という診断だった。私だって男だ。知り合いのかわいい女の子の秘部がすぐ近くでさらされていたら、ひと目拝みたくもなるじゃないか。私が診察室に入ったとき、ルミは眠っていた。私はそれをよいことに、ルミのアソコを眺めながらマスターベーションをした。そのとき勢いよく飛び散った精子がどうやらルミの膣口に付着し、狭き門をくぐり抜けて奇跡的に受精してしまったようだ。目を覚ましたルミはマスクとキャップをつけた私のことを医者と勘違いし、結果を訊いた。私はもう一度悪さをするチャンスが欲しくなって……」

「あたしに妊娠してるなんて嘘を吐いたんですね？」

ルミの声には軽蔑が色濃くにじんでいた。

「面目ない。でも、本当に驚いたのは二回めの診察のときだった。なにしろ本当に妊娠していたんだから。まだ小さな受精卵にすぎなかったが、母親には内緒で摘出したのは私だ。受精卵も人間だと考えれば、私は立派な殺人者ということになる」

「でもなぜ」都筑が困惑顔で問いただした。「わざわざルミちゃんの原稿を書き直したりしたんですか？」

「間接話法を直接話法に直したのは、本格ミステリは犯人のせりふ以外の地の文では虚偽の記述をしてはならない、というルールにしたがったから。たとえ私が罪に問われる事態になっても、本格ミステリの掟を破るわけにはいかない」

「じゃあなぜ、わざわざ二人称に？」

岩谷部長の目が異様な熱を帯びた。

「ルミの一人称のままでは、十戒の第九項、『物語の記述者は自分の判断をすべて読者に知らせなければならない』を破ってしまう可能性があったから。〈問題編2〉では、主人公が犯人という設定だったから、一人称だとどうしてもあいまいな記述が増えてしまう」

「そもそも、記述者＝犯人という時点でご法度なんじゃないですか？」

岡本の疑問は部長に一蹴される。

「そんなことはない。それを禁止しているのは〈ヴァン・ダインの二十則〉のほうだ。〈ノックスの十戒〉で言及してあるのは、第七項、の『探偵が犯人であってはならない』というものだけだ」

「そこまではわかりました」那智がやや譲歩しながらも、副部長らしい鋭い質問を放つ。「しかし、『犯人は物語の最初のほうで登場している人物でなければならない』という〈ノックスの十戒〉の第一項はどう考えればいいんですか？　産婦人科医として、まるで登場人物外のポジションからいきなり犯人役として出てくるのは反則という気がします」

部長はいたって余裕しゃくしゃくだった。

「那智、あんたは私がネットでどう呼ばれているか、知っているな?」

「ええ、もちろん。その詳細で精緻にわたる作品解析の姿勢から、ネット用語で〈ネ申〉、つまり、神と呼ばれてますよね」

「じゃあ、『処女の密室』の冒頭を読み直してみるがよい」

慌てて冒頭を確認する部員たちを眺めながら、岩谷部長は愉快そうに言った。

「これが本当の神の視点さ」

第二章「増田米尊、奇声をあげる」の巻

1

増田米尊は「処女作」というテキストデータをプリントアウトすると、それを握りしめて、隣の部屋に向かった。学部生や大学院生の机が並ぶ大部屋である。そして、部屋のドアを開けるなり、大声で怒鳴った。

「誰だ、こんないたずらをしたのは！」

増田は臆病な性質である。よほどのことがない限り、声を荒らげたりはしない。したがって今回の事態は、よほどのことだったわけだ。学会のプレゼンテーション用の資料がわけのわからない小説にすり替えられていたのだから、なるほど、よほどのことには違いない。

珍しく大声を発したにも関わらず、誰からも返事がなかった。それもそのはず、時刻は午前九時前、まだ誰も大学に顔を出していなかったのだ。空っぽの大部屋に向かって癇癪をぶつけた増

田は、たちまちむなしい気持ちになった。

増田の所属する応用数理学教室には、現在五人の大学院生と学部生がいた。部屋の入口に掲げられたホワイトボードには、出欠を表示するために両面に氏名の書かれたマグネットプレートが五枚くっついていた。プレートが白であれば在籍、赤であれば不在を意味するが、いまは五枚とも赤になっている。改めて、その五枚に目をやる。

岩谷薫
岡本勉
那智章彦
都筑昭夫
横田ルミ

研究室に在籍している五人は「処女作」の登場人物と同じ名前だった。この五人のうちの誰かが増田のパソコンを勝手に触り、大切なプレゼン資料をあのヘンテコなミステリーのような代物とすり替えたに違いない。

応用数理学教室には現在教授はいなかったが助教や事務員はいたし、准教授室は基本的に出入り自由だったので誰でも入れた。それでも増田がこの五人を疑うのには理由があった。彼のパソコンを立ちあげる際に必要なキーワードを知っているのが、この五人だけだったからだ。

数学の研究者にも関わらず、増田はあまりパソコンに明るくなかった。操作がわからないときやトラブルに見舞われたときは、学生や院生に助けを求めていた、増田がいないときにパソコンを見てもらうケースもあったため、この五人にはキーワードを教えていたのだ。

もちろん、五人のうちの誰かが他の人間にキーワードを教えた可能性もある。なにげなく打ちこんだキーワードがたまたまヒットすることだってあるだろう。とはいえ、まずは五人を疑うのが順当というものだろう。

増田は誰が犯人なのか考えてみた。

「処女作」の登場人物の氏名は研究室の学生と一致していたが、プロフィールはほとんどでたらめだった。

六十八歳で修士課程二年生の岩谷薫は綾科大でも最年長の学生だった。中学校の数学教師を定年退職してからも勉学への情熱が冷めやらず、綾科大の大学院に入ってきた数学バカである。小説中にあったように医者の御曹司ではないし、増田の知る限りミステリーなど読みそうなタイプでもない。体形もやせてガリガリだ。

岡本勉は博士課程の二年生の二十七歳。増田の変態フィールドワークに心酔しており、後継者候補と目されている。師匠に倣って生涯童貞主義を唱える見どころのある学生だった。「処女作」中ではやせぎすの神経質な男とあるが、実際はぽっちゃりしたあけっぴろげな性格である。極度の怖がりなので、ホラー小説などおそらくこれまで一冊も開いたことがないのではないだろうか。

那智章彦は修士課程一年生の二十四歳。学業よりもバイトに精を出し、いつも女性の尻を追いかけているようなチャラ男《お》である。この学生も増田の変態フィールドワークに興味を覚えて応用数理学教室に入ってきたが、イメージしていたものとは違ったらしく、最近は大学もさぼりがちだった。

紅一点の横田ルミは学部四年生の二十一歳。作中では箱入り娘のお姫さまキャラになっていたが、実際はコケティッシュな魅力のあるグラマラスな女性である。その自慢のルックスを活かし、キャバクラでバイトをしているくらいで、確かめたわけではないが、彼女がヴァージンとは信じ難い。

ほとんどの登場人物が実像とかけ離れている中において、都筑昭夫だけは実物に近いと言えば近い。学部四年生の二十一歳である都筑はたしかにミステリーが好きで、ミステリー研究会に入っていると聞いた覚えがある。まじめな好青年であるが、同級生の横田ルミとは反りが合わないらしく、口論が絶えない。このあたりが小説の描写とは異なっている。

「処女作」を書いたのは都筑なのだろうか？

増田自身がほとんどミステリーを読まないため、〈ノックスの十戒〉や〈ヴァン・ダインの二十則〉と言われてもピンとこない。しかし、ミス研に所属している都筑には、常識の範疇なのかもしれない。ミス研のメンバーであれば、機関誌向けに作品を書く機会だってありそうだ。その際に登場人物の名前を考えるのが面倒で、つい身近な人間から拝借したというのはありそうな話だ。

考えれば考えるほど、「処女作」を書いたのは都筑だという気がしてきた。しかし、それならばなぜ都筑はその作品を増田のパソコンに入れたりしたのだろうか。

増田に読ませるため。そう考えるのが妥当な気がするが、実際に読んでみた増田は戸惑うばかりなのだ。もしかして、「処女作」には暗号化されたメッセージが仕組まれているのだろうか？

（いや、待てよ）

増田は思考をいったん元に戻す。「処女作」の作者と増田のパソコンに入れた犯人は別の人物だという可能性はないだろうか？　書いたのはきっと都筑だろう。しかし、彼にはそれを増田のパソコンに入れる理由がない。都筑を困らせるのが目的だったとすれば、たとえば彼と仲の悪いルミがやったとは考えられないだろうか？

それにしたって、中途半端な嫌がらせだ。手書きの原稿を隠されたのであれば、作者もさぞかし困るだろう。しかし、この場合盗まれたのは電子データである。作者が都筑のような慎重な人間であれば、きっとバックアップをとっているだろう。つまり、作者のほうにそれほどのダメージはない。

だとすれば、犯人は増田を困らせようとしたのだろうか。「処女作」という原稿そのものは、とりわけ増田に迷惑をもたらすものではない。それよりも困るのは学会のプレゼン用資料がなくなってしまったことだ。いたずらを超えた悪意を感じる。

悪意といえば、「処女作」の作者は、阿久井一人となっている。〈あくいひとり〉と読むのだろうか。もし都筑が作者だとしても、どうしてそんなペンネームを使ったのだろう？

阿久井一人は「悪意を秘めた匿名の一個人」という意味にも読みとれる。であれば、やはり「処女作」の作者が最初から悪意をもって、増田の資料とすり替えたのか？

思考が堂々巡りになっている。脳勃起していない状態で考えても、閃きが生まれない。学生が来たら直接問いつめよう。増田はそう決心し、いったん事件を忘れることにした。

するとたちまち、背中のあたりがむずむずしてきた。またしても誰かから見られているような視線を感じる。大部屋には増田しかいない。誰もいないはずなのに、執拗に見つめられているようでならない。

（誰だ……？）

2

視線の源を探ってきょろきょろしていると、入口に人影があるのに気がついた。

「わっ！」

増田は驚きのあまり飛びあがりそうになった。Tシャツにハーフパンツというカジュアルな恰好で立っていたのは都筑昭夫だった。

「増田先生、おはようございます」

都筑は屈託のない表情をしていた。

「ああ、おはよう。都筑くん、きみはいつからそこに?」

「たったいまです」

「私をじっと見たりしていなかったかい?」

「いいえ」都筑は即座に否定すると、ネームプレートを裏返して白くした。「どうかなさったんですか?」

「どうもこうもないよ。都筑くん、『処女作』を書いたのはきみだね?」

「処女作っておっしゃいましたか? なんのことでしょう?」

ぽかんとした顔で都筑が訊き返す。演技をしているようには見えないが、騙されてはならない。

増田は精いっぱい怖い顔を作った。

「ごまかそうとしても無駄だよ。この研究室に所属する学生をモデルにした実名小説を書いたのはきみなんだろう?」

「おっしゃってることの意味がわかりません。実名小説って、なんですか」

「しらをきるつもりかね。では、私の部屋までつきあってもらおう」

有無を言わさぬ口調で告げると、増田はさっさと大部屋を出ていく。都筑は首をかしげながら、あとに続いた。

増田のデスクの上のパソコンはついたままで、ディスプレイには『処女作』の最初のページが表示されていた。

「これだよ」

増田が顎で示すと、都筑は顔を近づけた。

「なんですか、これ。なるほど、『処女作』っていうのはタイトルだったんですね。阿久井一人って誰です?」

真顔で問う都筑を見ていると、この学生は関わっていないのではないかと思えてくる。

「本当にきみが書いたんじゃないのかな。阿久井一人というのはきみのペンネームではないわけか」

「違います。本当にぼくではありません。これ、小説なんですか?」

「短編ミステリーだ。今朝来てみたら、私のパソコンに入っていた」

「ようやくわかりました。ぼくがミステリー研究会に入っているので、増田先生はぼくを疑ったわけですね」

「そうだ。さっきも言ったように研究室の学生が実名で登場するんだ。だから、きみが書いたのだろうと考えたのだが、見こみ違いだったのかな」

「これ、読んでみてもかまいませんか?」

都筑が許可を求める。

増田はプリントアウトした紙の束を渡し、「こちらのほうが読みやすいだろう。読んで、感想を聞かせてくれないかな。誰がこんなことをしたのか、推理してほしい」

「わかりました」

力強くうなずくと、都筑は「処女作」の原稿に目を走らせはじめた。増田が所在なげに待つ中、ミス研の学生は十分ほどで原稿を読み終えた。

「バカミスですね」

開口一番、都筑が吐き捨てるように言った。

「バカミスってなんだね」

「よくもこんなおバカなことを考えたなあ、というネタで勝負するミステリーです。いわば、ミステリー界の色モノですね。処女の子宮を密室に見立てるなんて、バカバカしいにもほどがあります」

「やっぱりそうなのか。私もそう思ったよ。ミステリーとしてのできばえはどうなんだい?」

「〈ノックスの十戒〉をテーマにしている点とか、〈読者への挑戦〉をはさんでいる点とかには意欲を感じますけど、ミステリーとしてはダメダメですね」

「そんなものか。そもそも〈ノックスの十戒〉ってなんなんだ?」

「イギリスのミステリー作家ロナルド・ノックスが謎ときミステリーを書くときの注意事項とし

て定めたルールです。ここに出ているルール以外にも、超能力の禁止やワトソン役の役割など、謎ときミステリーで読者が作者とフェアに戦えるよう、十個の指針を示したわけです。〈ヴァン・ダインの二十則〉も同じようなものです」

「なるほど。それで誰がなんのためにこいつを書いたのかわかるかな?」

「そうですね」都筑は顎に手を当て、「これを書いたのは、性に関する知識がきわめて浅い人ですね。たぶんセックスの未経験者じゃないかなあ」

「どうしてそう言えるんだ?」

「作中でルミがどうやって妊娠したのかを議論する場面がありますが、オーラルセックスで妊娠するとか、アナルファックで妊娠するとか、ありえないじゃないですか」

「そ、そうだよな」

増田がぎこちなく同意する。

「そうですよ。それに真相だって、ありえない。かりにマスターベーションで飛び散った精液が膣口に付いたとしても、それが原因で受精するなんてまず考えられません」

「そうなのか?」

「はい。成人男性の一回の射精で放出される数億個の精子のうち、その九十九パーセントが子宮頸部にたどり着く前に死んでしまうそうです。膣内で勢いよく射精しても受精は容易くないわけです。少量の精液が膣口に付着したくらいでは、受精の可能性は限りなくゼロに近いでしょう」

「知らなかった」

増田が打ち明けると、都筑はびっくりしたようだった。

「マジですか？　そうか、先生は童貞主義者でしたもんね。このバカミスを書いた人間も先生と同じように、セックスの経験がない人間だと思います。想像で書くから、こんなでたらめがまかり通るんです」

「ということは」増田の脳裏にひとりの男子学生の顔が浮かびあがった。「これを書いたのは岡本か？」

「岡本さんは自ら童貞だって認めていますもんね。他の人の性経験なんて知りませんが、いくらなんでも岩谷さんがあの年で未経験ってことはないでしょう」

「女の尻ばかり追いかけている那智が童貞とも考えにくいしな」

「同感です。那智さんの頭の中はエッチしか考えていないと思います。一緒にナンパに繰りだそう、なんて誘われたことも実際にありますし。あ、もしぼくを疑っていらっしゃるのなら、残念ながら見当違いです。ぼくには深い関係のガールフレンドがいますから」

「相手は横田くんじゃないよな？」

念のために増田が訊くと、都筑は思いきり顔をしかめた。

「冗談はやめてくださいよ。誰があんなビッチと。ちなみにルミもヴァージンであるはずはありません。バイト先のキャバクラの客がイケメンだったりするとすぐに寝るそうですから」

「本当か?」

「もっぱらの噂です。指名をとるためには寝技も辞さないということなんじゃないですか」

「わかった。『処女作』の作者は岡本なのかもしれない。しかし、彼はこれを書いて、私になにを伝えたかったのだろう?」

「作中では岩谷さんが真犯人ですよね。婉曲的に岩谷さんを告発しているのかもしれません。心当たりはないですか?」

「そう言われても、特に思い浮かばないなあ。あのとおり岩谷さんは人畜無害の仙人のような人だからな」

「ですよね。ぼくにもこのバカミスの意図はわかりません。岡本さんに直接訊いてみるしかないのではないでしょうか」都筑は腕時計で時刻を確かめると、「そろそろ顔を出されている頃だと思います。呼んできましょうか」

「そうだな。じゃあ、頼む」

都筑は軽くうなずいて、准教授室を出ていった。さすがミス研に所属しているだけあって、都筑の推理はそれなりに筋が通っているように思える。だが増田は、愛弟子ともいえる岡本が「処女作」を書いたとは思えなかった。そんなことを考えていると、当の岡本が入室してきた。

「失礼します。増田先生、どうしたんですか。お盆すぎまで帰省の予定だったのでは?」

ボーダーのラガーシャツを着ているせいで、ただでさえぽっちゃり体型の岡本勉はさらに恰幅よく見える。

「ふるさとは遠きにありて思ふもの、そして悲しくうたふもの」

「なんですか、その俳句は。いや、俳句じゃなくて、短歌か」

「俳句でも短歌でもない。室生犀星の有名な詩の一節だよ。郷里に決別を告げる悲しい詩だよ」

「帰省先でなにかあったんですか？　北九州でしたよね？」

「まあな。それはともかく、岡本くんはこれに心当たりはあるかな？」

プリントアウトした紙の束を示し、増田は岡本の反応を確かめた。

「『処女作』……もしかして小説ですか？」

「ああ、短編ミステリーだ」

「へえ、読んでみてもいいですか？」

ここまでの言動を見る限り、岡本は「処女作」に初めて接するようだった。だが、演技でないという確証もない。

「どうぞ。長くないからすぐに終わるよ」

「では、ちょっと失礼します」

岡本が読みはじめた。増田は横からそれを観察する。最初は怪訝な顔をしていた岡本だったたが、途中からは食い入るように読んでいる。都筑の倍ほどの時間をかけて最後まで読み終えた岡本は、顔をあげて言った。

「おもしろいじゃないですか。でも、どうして実名にしたんです?」

「ん?　それを訊きたいのは私のほうなのだが?」

「増田先生が書かれたんじゃないんですか?」

「私は小説なんて書かないよ。論文を書くだけで汲々としているのに」

「だったら誰が書いたんです?」

「もしかしたらきみじゃないかと思ったのだが」

「まさか」岡本が顔の前に右手を立てて、ワイパーのように振った。「ぼくはミステリーなんて書きませんよ。だいたい〈ノックスの十戒〉ってなんですか?」

「私もよく知らないが、ミステリー研究会に入っている都筑くんの話では、謎ときミステリーを書く際の規則のようなものらしい」

「さては都筑が、これを書いたのはぼくじゃないかと指摘したんですね」

「そうだ」

「どうしてそうなるんです?」

渋い顔になる岡本に、都筑の推理を要約して伝えた。

「ぼくはたしかに童貞ですけど、いくらなんでもそれほど無知ではありません」

「え、そうなの?」

「もちろんです。これはむしろ性体験がない人間が書いたように見せかけるために、あえて性の知識に疎いふりをして書かれた小説なんじゃないですか？」

　小太りの大学院生はミス研の学部生と正反対の推理を口にした。こうなると誰もがあやしく感じられる。

「岡本くん、きみが書いたわけではないんだね？」

　増田が念押しすると、愛弟子は目で訴えながら、「ぼくではありません」と言いきった。

「うーん、いったい誰のしわざなんだ？」

「この小説のまんまじゃないんですか」

「というと……横田くんが書いたというのか。しかし、なんのために？」

「岩谷さんを告発するためでしょう。つまり、これはフィクションの形を借りた、ルミちゃんの告発状なんですよ。指導教官である増田先生に助けてほしいという、メッセージだと思います」

「そうだろうか」増田が腕を組む。「しかし、こんな方法では妊娠はしないんだろう？」

「その部分はフィクションでしょう。本当はレイプされたのかもしれません。だけどそれをそのまま書くのは生々しすぎる。だからわざとぼかして書いたのでは」

「でも、あの岩谷さんが横田くんを妊娠させるなんて、ちょっと考えられないなあ。だって、岩谷さんは六十八歳だよ。横田くんのほうは二十一歳。親子どころか、お祖父さんと孫娘ほども年齢が離れている」

　増田は疑問を呈したが、岡本は引かなかった。

「男と女です。なにが起こるかなんてわかりませんよ。岩谷さん、ああ見えてまだ現役バリバリかもしれませんし、ルミちゃんのほうはご存じのとおりお色気ムンムンですから」

「仮にきみの考えが正しいとしようじゃないか。その場合、横田くんはなぜ私のパソコンに告発状を紛れこませるなんてまだるっこしい手段をとったんだ？　直接私に言ってくれればいいじゃないか」

「性犯罪の被害者ですからね。とてもじゃないけど、恥ずかしくて面と向かって告白なんてできませんよ。だからわざわざ小説の体裁をとって、増田先生にわかってもらおうとしたのではないでしょうか」

「そんなものなんだろうか」

女性の心理に疎い増田には、岡本の発言内容はいまひとつ理解できなかった。そもそも岡本自身が女心を熟知しているとはとても思えない。よりによって応用数理学教室の中で女性心理に通じていないふたりが議論しているのだから、らちが明かない。

「岩谷さんを揺さぶってみましょうよ」

弟子が師匠をけしかける。

「しかしなあ、岩谷さんが無実だったらどうする」

「そこはうまくごまかしますよ。ぼくも協力しますので、やりましょう！」

妙に張りきっている岡本に押し切られる恰好で、増田は岩谷にことの真相を問いただすはめになった。さすがに内容が内容だけに学内では聞きにくい。その日の夜、増田は岡本と一緒に岩谷を飲みに誘った。アルコールで気分をほぐし、隙を狙って攻めこむ作戦を立てたのである。

岩谷薫は無類の酒好きだった。増田が誘うと、疑うようすもなくふたつ返事でのってきた。かくしてその日の午後七時、三人は大学の近くの居酒屋のテーブルを囲んでいた。

「では、乾杯といきましょう」

増田の音頭で三人がグラスを合わせる。増田はホッピー、岩谷は冷酒、下戸の岡本はウーロン茶と、のっけからちぐはぐなとり合わせである。

しばらくは大学のことなど、当たり障りのない話題で、場をならす。一時間ほどもすると、岩谷はほろ酔い加減になってきた。機嫌のよさそうな年長の大学院生に、増田がじんわり攻めこむ。

「私なんかこの年ですっかり酒も弱くなってしまいました。それに比べて、岩谷さんは相変わらずお強いですね」

「なんの。私も以前に比べると見る影もありません」

ほがらかに答える岩谷を、岡本がすかさずよいしょする。

「ご謙遜を。増田先生よりもピッチが速いじゃないですか。最初から日本酒で、もう六杯めでしょう。ぼくからすれば、岩谷さんはうわばみですよ」

「尊敬します」増田は感心の眼差しを岩谷へ向け、「きっとあっちのほうも現役なんでしょうねえ」

「あっちとは?」

「またまた、夜のほうですよ」

増田がかまをかけたが、岩谷には通じなかった。

「ああ、夜ね。夜はいけません。毎晩十時にはもう布団に入っています。若い頃は徹夜も平気だったのですがね」

「やはりそうですか。私もすっかり弱くなりました。その代わり、朝はやたらと早く起きるようになって、妻から叱られてしまいます」

ついつい同調してしまう師匠に、弟子が咳払いで注意を促す。こちらからは攻めにくいと感じた増田は、強引に話題を変えた。

「ところで前から気になっていたんですが、岩谷さんは私の主義についてどうお考えですか?」

「主義とは?」

岩谷が察知していないようすなので、岡本が助太刀する。

「ぼくも増田先生に倣っています。でも、岩谷さんはきっと軽蔑しているでしょうね。童貞主義なんて」

「そのことでしたか」岩谷は手を打って、「いや、研究スタイルは人それぞれですし、軽蔑なんかするはずないではないですか。データ収集の手法はどうあれ、増田准教授の書かれた論文はどれもすばらしいものです」

「そう言われると照れますね。あ、グラスが空いていますよ。お代わりを頼みましょうか?」

増田が店員を呼び、岩谷の日本酒のお代わりを注文した。なかなか肝心の話題に踏みこまないので、岡本が焦れた。勢いをつけるようにウーロン茶を飲み干すと、直球勝負に出た。

「岩谷さん、はっきりお訊きしますが、横田ルミをどう思います？」

「横田さん？　はて、誰でしたか？」

「ちょっと、とぼけるのはよしてくださいよ。うちの研究室の紅一点、学部生の横田ルミですよ」

「思い出しました。あの派手めな感じの女子学生さんね。横田ルミさんでしたか。猫田《ねこた》ルミさんだとばかり。で、どう思うとおっしゃいますと？」

「だから、女性としてどう思うか、ってことですよ。むらむらするとか、抱いてみたいとか、いっそ襲ってみたいとか。ぼくは童貞主義なんで、性欲を覚えても手淫で処理しますが、あんなふうに色気をふりまかれたら、ふつうの男だったら我慢できなくなるんじゃないですか？」

「はあ」岩谷は気のない返事をすると、「なにしろ孫よりも若い女の子ですからねえ。特に女性として意識したことはありませんよ。そもそも私は、増田准教授の論文に触発され、数学の勉強をするために大学へ通っているだけです。学生のみなさんには、正直なところほとんど関心はありません」

岩谷の瞳は澄みきっていた。とても嘘をついている目ではない。そう悟った増田は、岡本の思いつきが間違っていたことを知った。

「岡本くん、岩谷さんが困っているじゃないか。つまらない質問をするんじゃないよ」

「そんな……」

梯子をはずされた岡本が恨みがましい視線を浴びせるのを無視して、増田が「処女作」をプリントアウトした束をとり出した。

「お忙しいところ申し訳ないですが、これを読んで岩谷さんの感想を聞かせていただけませんか」

「ほお、『処女作』ですか。増田准教授は小説もお書きになるんですか?」

「違います。それは……」

説明しようとする岡本を手で制し、増田が言った。

「ええ、そんな感じです。ぜひ、岩谷さんの意見をおうかがいしたいと思いまして」

「わかりました。及ばずながら、お手伝いさせていただきましょう」

岩谷は小説の原稿を受けとると、それをカバンにしまった。

3

翌九日の金曜日、増田は学会のプレゼンテーション用資料を作り直していた。予期しない事態であったが、帰省を早々に切りあげて正解だった。当初の予定であれば、綾鹿に戻ってきて三日後には札幌で開かれる学会にいかねばならなかったので、資料の作成が間に合わなかったかもしれない。不幸中の幸いと言えば、言えなくもない。

遠慮気味にノックする音がして、准教授室のドアが静かに開いた。ドアの隙間から岩谷薫の姿がうかがえる。半袖の開襟シャツに折り目のついたスラックスという恰好は、ポロシャツにチノパンという増田よりもよほど教員っぽかった。

「昨夜《ゆうべ》はお疲れさまでございました」

「岩谷さん、どうぞ入ってください」

増田が声をかけると、年長の大学院生は恐縮しながら部屋に入ってき、増田のパソコンに目をやった。

「また、小説をお書きなんですか?」

「なにをおっしゃいます。今度の学会発表用の資料を作り直しているんですよ」

「作り直す?」

「そうか、岩谷さんにはお伝えしていませんでしたが、前に作成していた資料は昨夜お渡しした『処女作』という小説にすり替えられていたんですよ」

岩谷はパソコンのディスプレイを凝視しながら、「すり替えられていた? それは面妖ですな」

「そうなんですよ。正直に言えば、『処女作』は私が書いたものではありません」

「おやおや、しかし昨夜はご自身でお書きになったようにおっしゃっていませんでしたか?」

「先にすり替えられたものと打ち明けてしまえば、最初から怪しいものだと思って読んでしまうでしょう。岩谷さんにはそんな予断をもってほしくなかったのですよ。読んでいただいて、いかがでしたか？」

「拝読したところ、作中では私と同姓同名の岩谷薫という人物が、横田ルミさんを妊娠させたという結論になっていますが、噴飯物です。昨夜も申しあげたとおり、孫のような年齢の女子《おなご》になど興味はありません」

「承知しています。この奇妙な小説に書かれた内容が事実に即しているとは考えていません。登場人物の名前こそわが研究室のメンバーと同じですが、キャラクター設定はまったく別物ですし」

「左様。だからあまり気にする必要もないと思った反面、昨夜の岡本氏の発言も勘案するならば、私の不行状が疑われているのかと心配になったのは事実です。私はこのけったいな小説を増田先生がお書きになったと思っていましたので、疑いを晴らす必要があると考えた次第です」

岩谷はただでさえことば遣いが硬かったが、緊張するとさらに大仰になる傾向があった。

増田は岩谷が「処女作」に関わっているとは思っていなかった。昨夜、原稿を渡すときに観察していても、岩谷の顔色はまったく変わらなかったからだ。

「私も岩谷さんを疑っているわけではなりません。そこで参考のためにお訊きしたいのですが、いったい誰がなんのためにこんな小説を書き、私の資料とすり替えたのだと思います？」

「増田先生が書いたのでないのならば、作者は、横田ルミさんではないでしょうか。作中の主人公は彼女ですから」

この点に関しては、岡本と岩谷は同じ意見だった。

「横田くんだとして、なぜこのような小説を書いたのでしょう」

「それは私にはわかりかねます。直接彼女に訊いてみるしかないのではないかと思います」

もっともな意見である。作者の意図は作者に尋ねるのが一番確実で早道だろう。増田が納得していると、岩谷が意外なことを言った。

「この小説の意図はわかりませんが、どうして増田先生の資料とすり替えたのかはわかる気がします」

「ほう、というと?」

「単純に考えれば、増田先生の学会発表を邪魔するためではないでしょうか」

「発表を邪魔する……しかし、どうしてそんなまねを……」

「先生はどのような発表をなさるおつもりだったのですか?」

「『キャバクラ嬢の豊胸指数をもとにした日本人女性のバストサイズの傾向推定』というタイトルで、今後わが国で流行るであろうブラジャーのサイズや形を大胆に予測した画期的な内容だったのですが……」

岩谷は変態准教授の説明を途中で遮り、「タイトルから考えるに、キャバクラ嬢のバストをサンプリングしたのでしょうね」

「もちろんですよ」増田が俄然饒舌になる。「半年間で七十八軒のキャバクラを回り、八百十三人のキャバ嬢からアンダーバストのサイズとカップの大きさ、及び乳房の形状――お椀形とか釣鐘形とか下垂形とかですな——、さらには乳輪の大きさを聞き出し、聞き出せない場合は触って割り出してデータを集めた労作なんです」

「なるほど。風の噂で耳に入ったのですが、横田さんもキャバクラでバイトをしていたとか」

「おっしゃるとおり。〈ノヴェンバー・ステップス〉というキャバクラでバイトをしています」

「そのお店でもサンプリングをおこなったのですか？」

「当然です。そのためにいったんだし、そもそも横田くんがキャバ嬢だったから思いついた研究で……あっ」

なにか閃いたかのように増田が小さく叫ぶ。

「お気づきですか。増田先生はフィールドワークに入ると周囲が見えなくなられる。そのプレゼンテーション用資料には、横田さんにとって発表してほしくない内容が含まれていたのではないですか？」

「しかし、データはすべて統計処理されているし、元データもデータ入手先も載せてはいないいんですが……」

「横田さんのバストが特別規格外だったりしたわけではありませんか？」

「よくわかりますね。彼女の乳房の形状は他に類を見ない特殊な形で、トップが平らな台形状なんですよ。特別にプリン形という名前をつけました」

「特殊事例として紹介されたのではないですか？」

「珍しい事例ですからね、ネタとしても面白いと思ったので、写真入りでとりあげましたよ。しかし、写真にはバストしか写っていないし、キャプションにはキャバクラNSのA嬢としか表記していません。横田くんだとばれるはずはないと思いますがねえ」

「NSが〈ノヴェンバー・ステップス〉の略だとはわかりますが、A嬢というのは？」

「彼女の源氏名がアゲハちゃんだからですよ。それでA嬢」

「しかし、よく乳房を撮影させてくれたものですね」

「盗撮ですよ、もちろん。〈ノヴェンバー・ステップス〉の更衣室に置いてあった段ボール箱の中に忍びこんで、着替えの最中に撮影しました。狭い空間で長時間待つのは大変でした」

増田が変態フィールドワーカーらしい告白をする。まるで悪びれていないところがさすがだ、と前期高齢者の大学院生は感心した。

「横田さんは自分のおっぱいをコンプレックスに感じているのではないですか。だから、人目にさらされないように、ファイルをすり替えたのでしょう」

「そうかあ。うちの研究室に所属している学生で、学会発表にとりあげられるのを遠慮する者がいるとは、考えもしませんでした」

「横田さんがプレゼンテーション用資料を奪った動機はきっとそんなものでしょう。ただ、さっきも申しあげたように、横田さんがどんな理由で『処女作』を書いたのかは知る由もありませんが」

「岩谷さん、ありがとうございます。おかげでかなり前進しましたよ。あとは直接横田くんに訊いてみましょう」

岩谷が退出するのに同行し、増田は大部屋を訪れた。「横田ルミ」の名札は赤になったままだった。

「誰か、横田くんがいつ来るか知らないか？」

「横田なら、今週いっぱい休みですよ」

答えたのは那智章彦だった。夏だというのに、長袖のカジュアルシャツにブラックジーンズという見るからに暑苦しい恰好をしている。

「そうなのか」

「夏休みって言ってましたよ。男と一緒に旅行にでもいってるんじゃないですか」

大学はすでに夏休みに入っている。講義やゼミがあるわけでもなく、自分の研究に忙しい大学院生は別として、学部生のルミが休みをとってもなんら不思議ではない。どちらかといえば、夏休み期間にもかかわらずほぼ毎日研究室に顔を出している都筑昭夫のほうが例外だった。都筑は大学院を目指しており、その勉強のためにせっせと通ってきているのだ。

横田ルミが夏休み中なのは不思議ではない。しかし、それだと問題がある。長期休みの最中ならば、増田のパソコンに触れないではないか。

「いつから休みなの？」

「どうだっけな」

視線を宙に投げ思い出そうとしている那智の向こうから、都筑が答えた。

「七月の最後の週からです。先生にも申告していたようですけど」

「そうだったかな」

増田は覚えていなかった。学部生の休みの申請など、よほどのことがない限り認めている。そのときもきっと機械的に承諾したのだろう。

「来週には出てくるんだね？　お盆なのに」

お盆は来週だった。そのため今週土曜から来週いっぱいまで夏休みをとる人間が多かった。

「そう言ってました。来週はバイト先の人員が不足するので、帰ってくるって」

那智が意味ありげに目配せしながら答えた。どうやらルミは来週〈ノヴェンバー・ステップス〉のシフトに入っているらしい。ともかくルミからは来週話を聞くしかない。せっかくだから全員の意見を聞いておこうと考えた増田は、那智に「処女作」の原稿を渡した。

「なんですか、これ？」

「まあ、ともかく読んでみてくれないか。たいした分量ではないので、それほど時間はかからないはずだ。読み終わったら、私の部屋に来てくれるかな。今日はずっといる予定なので」

「わかりました。レポートは書かなくていいんですね」

「そういう種類のものではないよ。じゃあ、悪いが頼む」

原稿を手にした那智が准教授室にやってきたのは、増田が自室でパソコンに向かいはじめてすぐだった。

「失礼します」

「ずいぶん早かったな。まあ、入ってくれ。その原稿、どうだった?」

「先生の新しい論文かと思って、心して読みはじめたんですが、唖然としました。俺、小説なんかほとんど読まないんで、よくわかんないですけど、メタフィクションっていうんですか、これ。先生がこんなの書くとは知りませんでした」

那智もこの原稿の作者が増田だと思ったようだ。その目に人をたぶらかそうというような邪念は少しも見当たらない。「処女作」の作者は那智でもないのだろう。

「私が書いたわけではないんだ。書いたのはおそらく横田くんだ」

「横田がどうしてこんなものを?」

「私にもわからない。それを確かめようと思って、彼女を探していたんだよ」

「そうだったんですね。でも、あいつが小説なんか書きますかね」

「どういう意味だい?」

「あいつは俺以上に読書とかしないですよ。たぶん太宰治も三島由紀夫も読んだことがない。というか、知らないかもしれない。そんな人間がこんなものを書くとは思えないんですよ」

「たしかに彼女はあまり文学には関心がなさそうだが。しかし、ミステリーくらいは読むんじゃないのか? それで自分でも書いてみたくなったとか」

「違うと思いますけどねえ。だって、俺が珍しくチャンドラーなんか読んでたら、『どうしてインド人の小説なんか読んでんですか』ときましたからね。思わず椅子からすべり落ちそうになりましたよ」

「きみがチャンドラーを読むのも意外だがね」

「村上春樹訳の『ロング・グッドバイ』です。ガールフレンドから読めと押しつけられたんですけどね。それにしたって、チャンドラーくらいは俺でも知ってます。横田はそれすら知らなかったくらいですから、ミステリーを書くとは考えられませんけどねえ。それにこの中にはなんとかの十戒ってのが出てきたでしょう。わかんないですけど、これってミステリーの規則かなんかなんでしょう。とても横田が知っているとは思えません」

指摘されると、そうも思えてくる。だとしたら、いったい誰が書いたのか。増田はわけがわからなくなってきた。増田はこの小説が自分のパソコンに入っていたことを説明したあと、「誰だったらこんな小説を書くと思うかな?」と質問した。

「怪しいのは都筑かなあ。あいつミス研なんて陰気そうなサークルに入ってるし。横田とも仲が悪いみたいだから、小説の形で憂さ晴らしをしたんじゃないですか」

増田が最初に思いついたのと同じ意見である。

「私もそう思ったんだ。だから都筑くんに訊いてみた。だが、彼は否定している」

「嘘をついているんですよ。ミス研の機関誌かなにかに載せるために都筑が書いた原稿を横田が盗み見たんじゃないですかね。横田は当然激怒した。そして先生に訴えるために、パソコンにアップした。そんなところじゃないですか」

「この原稿がパソコンに入れられたのは、ぼくが帰省していたときだから、一昨日だ。夏休み中の横田くんには無理だろう」

「そっか。横田は男をたらしこむのがうまそうなんで、岡本さんでも手なずけたんじゃないでしょうか。岡本さん、女性に対する免疫がほとんどなさそうなんで、横田が言い寄ったらすぐに落ちそうじゃないですか。自分がやったらすぐにばれてしまう。そう考えた横田はちゃっかりアリバイを作りながら、岡本さんに命じて先生のパソコンにアップさせた。自信作でもない原稿を勝手にさらされた都筑は、懸命にしらをきっている。これで全部説明できるでしょう」

「私の学会でのプレゼン資料が消えたのは？」

「岡本さんが都筑の原稿をアップする際、ミスって消してしまったのかもしれません。先生と親しい岡本さんは、その資料の重要性をよく知っていた。それだけに自分のミスだとは言い出せなかったんじゃないでしょうか。だから、自分はいっさい関わっていないという態度を貫き通すことにした」

「なるほどな。たしかにそれが真相かもしれない。貴重な意見をありがとう」

増田が労うと、那智は一礼をして部屋から出ていった。

那智の推理でひととおり説明がつく。しかし、どこかしっくりこない気もしていた。とりあえず、来週には顔を出すというルミの話も聞いたうえで、最終的な判断をしよう。増田はそう考えて、資料作りに没頭した。そして、金曜中になんとか再び完成させたのだった。

4

土日は家でごろごろしていた増田米尊が、再び大学へ足を運んだのは翌週の月曜日のことだった。

街はお盆ムードに包まれており、通勤電車はがら空きだった。お盆だというのにわざわざ出社しようというサラリーマンは少なかった。

大学でも事情は同じだった。多くの教員と学生が休みをとっている。応用数理学教室でも、今週は岩谷と岡本と那智が休暇に入っていた。数学科の建物に入った増田は、自室に行く前に大部屋を覗いてみた。朝が早いせいか、都筑もルミもまだ来ていない。

それを確認した増田は准教授室へと入り、パソコンを立ちあげた。金曜日に作成した学会のプレゼン資料を、朝一のすっきりした頭で再度確認してみよう。そう考えて、ファイルを置いてあるデスクトップに目をやった増田は、次の瞬間思わず奇声をあげた。

「ひょえーーーーっ！」

それもそのはず、またしてもファイルが知らぬ間に置き換わっていたのである。

「問題作」

増田は十分に呼吸を整えてから、その文書ファイルを開いた。

問題作

伊東飛雁

1

町は大勢の人出で賑わっていた。[*1]
活気のある通りを歩いているだけで、なんだか気分が浮き立ってくる。晴れ渡った秋空の下、目抜き通りのあちこちでさまざまな催しが行われている。胸元が強調されたぴちぴちのミニのドレスをまとった金髪女性ジャグラーのパフォーマンス[*2]の前には中年男の人垣ができているし、黄色いクマのような正体不明の着ぐるみ[*3]は子どもたちに囲まれ容赦なくパンチやキックを浴びせられてい

〈神の視点による脚注〉

＊1　第5回を数える綾鹿祭りの初日だったのである。これは市の中心である末吉《すえよし》町の商店街に買い物客を呼び戻そうと、地元の商工会議所が企画・運営する祭りだった。日本全国の地方都市と同じく、綾鹿市においても旧市街は空洞化が激しく、若者や家族連れはロードサイドに広大なショッピングセンターやシネマコンプレックスを持つ平井《ひらい》町に流出していた。

＊2　ポーランド系アメリカ人のアンナ・ス

る。時は秋、日は昼間、昼間は正午前……すべて世はこともなし。[*4]

一畳ほどの広さしかないビニール製のプール。その前に親子連れがしゃがみこんで歓声をあげている。金魚すくいかと思って覗くと違っていた。浅いプールの中で不器用に四肢を動かしているのは甲羅の長さが三センチほどの亀。小学二年生くらいの息子が要領よくすくいあげたミドリガメに、三十歳そこそこの母親が「すごいねー」と目を輝かせている。この亀がふたりの歓心を買っていられるのはせいぜい半年といったところか。いずれは近所の池か川に放されてしまう運命だろう。[*5] 緑亀仲間入り、でも捨てられてどぶに這《は》ひ……すべて世はこともなし。てな感じ。

地元放送局の撮影クルーが出ていた。[*6] カップルがカメラの前で誇らしげにインタヴューを受けている。なにげなくカップルへ視線を投げ、驚愕の

コリモフスキー（32）で、綾鹿祭り実行委員会による招待されたストリートパフォーマーだった。出演料が保証されているうえに、芸のできしだいで投げ銭も期待できるとあり、アンナのテンションもあがっていたのだろう。サービス満点のコスチュームはその表れと考えられる。

＊3　末吉商店街のマスコットキャラクターで、クマキヨという名前らしい。商工会議所の前会頭、清田太郎《きよたたろう》氏がクマさんの愛称で商店主たちに親しまれていたことに由来する、典型的なゆるキャラである。

＊4　言うまでもなく、上田敏の格調高き訳詩で知られる、ロバート・ブラウニングの「春の朝《あした》」をもじったものである。念のために原訳は、〈時は春　日は朝　朝は七時…（中略）…揚雲雀《あげひばり》なのりいで　蝸牛《かたつむり》枝に這ひ…（中略）…すべて世は事も無し〉である。

＊5　かくしておとなしいミドリガメは凶暴

あまり声を洩らしそうになった。マイクを向けられた男の顔に見覚えがあったのだ。苗字はたしか原《はら》、下の名前は知らない。*7

原なにが氏。

なんでこいつが？　なんでこいつが？　疑問符が頭の中を駆け巡る。なんでこいつが？　なんでこいつが？

原なにが氏はオレ*8のことなどたぶん記憶にないだろう。足を止めて凝視するオレに対して、一瞬怪訝そうな眼差しを向けたものの、すぐに笑顔に戻って女子アナの質問に答えはじめた。ヤツにとってオレは、見知らぬ第三者。感情を表に出さないように努力して、原の隣で寄り添うようにしている女に目を移した。

化粧の濃いぽっちゃりした体型の女。上下のつけまつげは見るからにうっとうしそうだし、ファンデーションを塗りたくった顔は漆喰の壁を思わ

なミシシッピアカミミガメへと変貌を遂げ、日本の淡水生態系を乱す張本人となる。いまや日本の自然は外来種により見るも無残なまでに破壊されている。ミシシッピアカミミガメ（ミドリガメ）も立派な侵略的外来種なのだ。ゆめゆめ逃がしたりなさらぬよう。

＊6　民放のＴＶＡ（テレビ綾鹿）のクルーが夕方6時台の地方ニュースで流すために、祭りで賑わう街のようすを撮影していたのである。ちなみに綾鹿には民放テレビ局が四局存在するが、ＴＶＡを除く3局と国営放送はこのとき取材には来ていなかった。数時間後には総動員をかける事態になろうとは、夢にも思っていなかったのである。

＊7　下の名は、幸三。原幸三（28）は車販売店（ディーラー）に勤務する自他ともに認めるイケメンだった。

＊8　ここで視点人物（つまり主人公）のプロフィールについて基礎情報を明らかにして

せる。やたらとカラフルなネイルは家事に不向きなばかりか、スマホを操作するのにも苦労しそう。これで、自分の外見に自信があるつもりなのか？　テレビカメラに向かってしなを作ってやがる。

バカめ。

たちまち視界が歪んだ。脳に大量の血液が流れこみ、こめかみの血管が膨れるのがわかった。耳の奥がどくどくと脈打っている。

女の目がオレをとらえるなり、おびえたような表情になった。この瞬間、殺意が湧いた。[*9]

発火性の憤怒が頭蓋の中で爆発。駆け寄って原なにが氏を思い切り殴りつけてやろうか。背中に跳びひざ蹴りを食らわしてやろうか。大きく見開いた両目めがけて砂を投げつけてやろうか。待て。それでは逆効果になってしまうかもしれない。思い直して、[*10] 回れ右。一目散にその場から立

おこう。大堀健作《おおほりけんさく》（26）。大和総合大学文学部を卒業後、綾鹿市内のデパートに就職したが、組織になじまず1年もしないうちに退職。以来、短期のアルバイトをつなぎながら生計を立てているフリーターだった。この日、大堀は仕事が入っておらず、市内西野《にしの》町の安アパートを午前11時過ぎに出るところを、同じアパートの住人から目撃されている。西野町から末吉町までは歩いても15分ほどの距離であり、大堀は徒歩で祭りの現場までいったと考えられている。

＊9　計画的な殺意は時間をかけて醸成されていくものであるが、衝動的な殺意は瞬時に生じる。大堀健作の浮かされた頭に突発的に舞い降りた激情は、殺意と呼ぶにふさわしいものだったと思われる。

＊10　実はこのとき、大堀は半歩ほど原のほうににじりよったのである。しかし、大堀は腕力に自信があるほうではなかった。加えて、

ち去る。

いかにも不自然な行動だった。背後から呼び止められるのではないか。不安に駆られる。いまにも肩に手がかかるのではないか。気が気でならない。心臓が早鐘を打つ。自然、大またになり、歩調が速くなる。もしテレビカメラがオレの後姿をとらえていたら、さぞかし滑稽に映るだろう。[*11]顔を真っ赤にして急ぎ足で立ち去る男の映像。怪しまれてしまうかもしれない。

まんま不審者じゃん。

落ち着け、落ち着け。心に言い聞かせる。落ち着け、落ち着け。

頭にのぼった血のおかげで、やたらと顔が熱い。額に発汗。すべて世はこともなし、なんて安穏としていたのはどこのどいつだい?

ともかく。

どうすればよいだろう。どうすればよいだろ

原の周りには腕っ節の強そうなTVAの撮影クルーがいた。すぐに思い直したのは、そのような背景もあったことを付記しておく。もっとも主たる理由は、「それでは逆効果になってしまうかもしれない」と思いついたからにほかならない。
＊11　TVAのカメラはあくまで原とその彼女に向けられており、逃げ去る大堀をとらえてはいなかった。原も大堀の姿など眼中になく、原の彼女にしたところで大堀の異常なまでの興奮ぶりに目を奪われたのは一瞬のことで、3秒後にはすっかり忘れてしまっていたのである。つまりこのとき、大堀は自意識過剰であったと言えよう。
＊12　実際、長さ150メートルほどのアーケードが切れるあたり（メインストリートに面した正面入り口から130メートル付近）に、半田《はんだ》商店という老夫婦が営む金物屋が存在した。ただしあまりにもひっそりとしたた

う。オーバーヒートした頭で考える。どうすればよいだろう。どうすればよいだろう。

見なかったことにする。→却下。

撮影クルーごと皆殺しにする。→無理。

とりあえず武器を調達する。→微妙。

ほかには思いつかないので、微妙な案を採択することにした。金物屋はどこにあっただろう。懸命に記憶を探るが、さっぱり思い出せない。アーケード街にあったような気がするが、自信がない。[*12] となると、無難にデパートか。心母屋《しんぼや》六階のキッチン雑貨のコーナーへ向かう。[*13]

おどおどしてはいけない。大きく深呼吸をして、ふらっと立ち寄った買い物客を装う。洋包丁よりは和包丁のほうが武器っぽい。出刃包丁の重厚な輝きも捨てがたいが、切れ味の鋭そうな柳刃に心を奪われた。店員を呼び、刃渡り二十四センチの刺身包丁を所望する。入社一、二年と思

たずまいであったために、記憶の表面に浮上しなかったと思われる。

＊13　心母屋は大堀が10か月半働いたデパートだった。このときの彼の勤務場所は7階の時計売り場だったが、仕事柄他のフロアーのレイアウトも頭の中に入っていたのである。なお、6階エレベーター前の寝具コーナーには同期入社の入野純《いりのじゅん》（26）がいたので、出くわすリスクを避けるために大堀はエスカレーターを使って6階までのぼったのだ。

＊14　のちに捜査員から刃物購入時の大堀のようすを訊かれた6階調理器具売り場の宮崎《みやざき》かんな（20）は、「まさかあの善良そうな人があんな騒ぎを起こすなんて思ってもみませんでした」と正直な気持ちを伝えている。宮崎かんなの瞳の奥の影に関しては、大堀のびくついた心が生み出した幻影に過ぎなかった。

＊15　ふたりの福澤諭吉の代わりに、心母屋のレシートが大堀の財布の中に収まることに

われる若い女性店員の瞳の奥に疑惑の影が差したような気がした。[14] 慌てて、檜の俎板《まないた》も追加し、即興で調理に目覚めた独身男性を演じる。包丁一万三千、俎板七千、しめて二万円。突然の出費で財布の中には野口英世が三人残っただけだった。[15]

　階段で五階の紳士服売り場へ下り、トイレに駆けこむ。[16] 個室に入って、買ったばかりの包みをほどいた。包装紙を乱暴に破くと、薄い木箱が出てきた。[17] 合わせ目に爪をこじ入れて蓋を開ける。鋭利な柳刃を至近距離で目にしたとたん、胸がどっくんと鳴った。

　トイレの天井の薄暗い蛍光灯に照らされて、刃先がぎらりと光る。いかにも凶悪そうだ。柄の部分を右手でつかみ、箱からとり出す。胡桃材の柄がしっとり手になじむ。重さもちょうどよく、なにより刃と柄のバランスがよい。刃を目線の高

なった。これにより捜査員は事件後すぐに宮崎かんなにたどり着けたわけである。

＊16　トイレの場所は階段の脇であり、このときはたまたま誰も使用していなかった。デパートのトイレの個室使用率の高さを考えると、大堀は非常に恵まれていたと言えるだろう。

＊17　スーパーなどではエコバッグが浸透しつつあるが、デパートの過剰包装は健在である。きょう日、裏白の包装紙を子どもの落書き用に畳んでとっておくような奇特な母親も少なくなり、包装紙の存在意義が希薄化しているというのに、いつまでこんな愚行を続けるつもりなのだろうか。

＊18　「堺　丁豊」と刻んであったのである。日本を代表する包丁の産地、大阪府堺市の丁《ちょう》豊《とよ》商店で製造された白鋼別打の右利き用刺身包丁だった。

＊19　俎板は木曾檜《ひのき》の一枚板でできており、寸法は420ミリ×220ミリ、厚さが30

さに掲げる。銘が彫ってあるが、刻みが浅いため「丁」という字以外は読みとれない。[18]
左手の薬指の先を刃先に軽く乗せ、そっと引く。微かな痛みを感じたが、その瞬間は傷口が見えない。と、たちまち指先に赤いラインが生じ、盛りあがって血の滴となった。舌先で舐めると、鉄錆の味がした。
切れ味に満足し、包丁を裸のままトートバッグに突っこんだ。デパートの紙袋にはもうひとつ重量のある物体が入っている。一瞬捨てようかと迷ったが、七千円を反故にするのはしのびない。俎板のほうも包装紙を破り、トートバッグに入れた。[19]
包装紙と包丁の箱は心母屋の紙袋に入れたまま丸め、洗面台のそばに設置してあったゴミ箱に捨てる。左の薬指の傷口から出血しそうなので、手を洗うのは省略してトイレを出る。階段をゆっく

ミリもあった。これを入れたため、大堀のトートバッグは1キロ以上重くなったはずである。

＊20　このうち初老の紳士のほうはのちの警察の調べにより、身許が明らかになっている。土居悦男《どいえつお》（65）。山登りを趣味とする土居は、トレーニングを兼ねて極力どこでも階段を使うようにしていた。この日も孫の誕生日のプレゼントを購入するために7階のおもちゃ売り場へ向かう途中だった。土居は3階と4階の間の踊り場付近ですれ違った大堀健作のことをよく覚えており、「布製のバッグを大事そうに胸に抱え、おどおどしたようすでおりてきた」と証言している。スマートフォンをかけていたという同世代の若者のほうは結局捜し出すことができなかった。

＊21　これは大堀による一方的な言いがかりのようなものである。大堀自身、のぼるときはエスカレーターを利用しているし、くだるのに階段を使った理由も、なるべく人と会い

りと歩いておりる。一階に到着するまで、階段をえっちらとのぼってくる初老の紳士とスマホで通話中の同年代くらいの若者とすれ違っただけだった。[*20] 最近の日本人は足腰が弱すぎる。もっと階段を使え、と叫び出したくなった。[*21]

化粧品の匂いの充満する一階フロアーに出たとたん、殺意が再燃した。アホ面をキャンバスとして差し出す婦人客に、化粧品会社の美容部員がおざなりな甘言を弄しながらメイクを施していく。かくして原価の数十倍もの値がつけられた化粧水や美容クリームが売れていくのだ。くだらない。ってか、むかっ腹が立つ。[*22] トートバッグの中身に一瞬手が伸びかけたが、すんでのところで思いとどまった。この時点で標的はすでに決まっていた。[*23]

たくないという心理からだったのは想像に難くない。

＊22　一般的に男性は女性の化粧品の価格について冷淡である。それは機能と価格のバランスが崩れているように感じるせいであるが、女は「美」という夢を買っているのだ、と理解するべきだろう。高額の化粧品に難癖をつける男にしたところで、AVや風俗産業、ギャンブルなどに無益な投資を繰り返している事実を考えると、どちらがより理性的かは簡単に判断できるものではない。

＊23　心母屋に入った時点では大堀の頭は混沌としており、遭難者がまずは水を求めるように、凶器を入手することが最優先課題だった。凶器を手にして人心地がついた大堀に次なる行動指針を与えたのは、階段ですれ違った名も知れぬ同世代の若者だったかもしれない。それはそのあとの大堀の行動を見れば、理解できるだろう。

2

五分後、某大手携帯電話の専門ショップに入る。携帯電話ショップはいつも華やいでいる。少なくともその印象が強いし、事実、この日も活気があった。

理由1　客層が若く、学生比率が高い。[*24]

理由2　商品そのものの移り変わりが激しく、時代の最先端を走っている。[*25]

理由3　店員も若い女性が多い。[*26]

オレがこの場所を標的にしたのは、理由3が七割、理由1が三割くらいの感じだろうか。要するに、屈強な男がたくさんいると御《ぎょ》しにくいから、女子どもが多い場所を選んだのだ。[*27]

店内にはざっと見渡す限り八名の店員と十名ほどの客がいた。店員はふたりを除いて全員女である。ふたりの男性店員は現在どちらも接客中で手

＊24　これだけ携帯電話が普及すると、電話会社の戦略はふたつに分かれる。ひとつは携帯電話のヘビーユーザーの買い替え需要を刺激すること。もうひとつはいまだ携帯電話浸透度の低い高齢者層に販路を開拓すること。携帯電話会社各社は基本的に前者を主戦略にしている。これは靴を売るのに、次のどちらのほうがより大きなマーケットとなりうるかという問題と似ている。すなわち、日夜靴底をすり減らして通勤している東京のサラリーマンと、先祖代々裸足で生活してきたパプアニューギニア国民と。さて、あなたならどちらを狙う？

＊25　携帯電話の機能が充実し、もはや電話というよりも万能の情報端末となってしまった事態が、高齢者ユーザーの新規獲得を難しくした側面も多々あると思われる。説明書が数百ページにも膨れあがってしまった現在、携帯電話を使いこなせるのは、説明書を読まずともフィーリングで操作できる若者に限られると

が放せそうにないのはラッキーだった。奥にほかの男性店員もいるかもしれないが、こちらが先手をとればなんとかなりそうだ。

　むしろ男性客のほうが問題だ。ひとりは大学生くらいの男。上背があり、胸板も厚い。明らかにスポーツをやっていそうで、手強そうだ。[＊28] この大学生はどうやら彼女が携帯電話を買い替えるのについてきたらしく、カウンターで手続きをするショートヘアのやはり大学生っぽい女性[＊29]のほうへ時折視線をやりながら、待合コーナーの椅子に座ってスポーツ新聞を広げている。要注意人物。

　もうひとりいる。三十代半ばと思しき会社員風のメタルフレームの眼鏡の男。[＊30] 商品を買うつもりがあるのか単なる冷やかしなのか、展示された新機種を次々にとりあげては、丸顔の健康そうな女性店員にさかんに話しかけている。こちらの男はそれほど強敵には見えないが、注意を払っておく

断じてもよい。

＊26　携帯電話ショップの店員が家電量販店のパソコン売り場にいるような商品知識に長けたおじさんばかりだとすると、携帯電話に対する認識も大きく変わるだろう。客のほうにもそれなりの商品知識がないと、気後れしてしまうからである。逆に言えば、家電量販店の販売員を若い女性に総入れ替えするだけで、売りあげはもっと伸びるのではないだろうか。

＊27　もちろん理由3の付随事項として、販売員に大堀の元カノである菅原《すがわら》理恵《りえ》（25）がいた事実も、意思決定にひと役買っていたのは間違いない。

＊28　大堀の推測は当たっていた。この男性客は池畑太《いけはたふとし》（21）、綾鹿科学大学の3年生で、ラグビー部の副キャプテンだった。ナンバーエイトのポジションの選手だったので、走力も腕力も兼ね備えており、もし大堀が一対一で戦ったならば勝ち目はなかったと推測される。

に越したことはない。

店内のようすをうかがっていると、ふいに甘えたような舌足らずな声がした。

「お客さま、いらっしゃいませ。なにかお探しですか？」

びっくりして声のほうを向くと、小柄な女性店員が笑顔を浮かべてまっすぐにこちらを見ている。アニメの妹キャラが実体化したような美少女は「吉田《よしだ》」と読めるネームプレートをつけていた。ロリコンの自覚はないが、[*31] 思わず息が止まった。

下の名前はわからないので、さしあたり、吉田美少女（仮称）でどうだ。

「いや、その……お手洗いを借りられないかと……」

声がうわずっている。自分の声がやけに遠くから聞こえる。

「はい。それでしたら、こちらです」

＊29　真田《さなだ》ゆかり（20）は綾鹿科学大学２年生で、ラグビー部のマネージャーだった。前日スマートフォンを水没させて買い替えに来ていたゆかりは、のちに雑誌の取材を受けた際、「いーくん（池畑太の愛称）だったら、絶対あんなひ弱な犯人、絞めあげていたのに」と語った。
＊30　長澤修《ながさわおさむ》（34）がこの店を訪れていたのは、丸顔の健康そうな女性店員こと中川美紀《なかがわみき》（24）に気があったからである。もっとも休みのたびに来店してはセクハラまがいの発言をするばかりでなにも買おうとしない長澤に対して、美紀はいいかげんうんざりしていたというのが実情だった。
＊31　大堀本人の自覚はともかく、アニメの妹キャラを連想した時点で、多少なりとも妹萌えの嗜好は有していたと考えるべきであろう。

吉田美少女が先導して、店の奥へ案内してくれる。

「どうぞ」

行きがかり上、トイレに入らねばカッコがつかない。「ありがとう」と会釈して、〈ｔｏｉｌｅｔ〉という表示のあるドアを開けた。別段、尿意を催していたわけではなかったが、股間に突っ張りを感じたので、ペニスを解放し外気に触れさせた。案の定、勃起していた。[*32] 情けない。

無理やりちょろちょろと排尿し、[*33] トイレから出ると、さすがに吉田美少女はもう待っていなかった。

売り場に戻ると、ちょうど大学生風の男が連れの女と店を出て行くところだった。メタルフレームの男は相変わらず丸顔の女性店員に執着しており、ふたりの男性店員はいずれも客を前にして、笑顔を振りまいている。

＊32　この勃起を引き起こした要因は、必ずしも性的興奮だけではなかったと推定される。このとき大堀健作の肉体と精神は各種の興奮でさいなまれていたのである。刃物を持って携帯電話ショップに押し入ったという達成感による興奮（万能感の一歩手前）、もうあとには引けないというストレスからくる興奮（切迫感に似た感情）、などなど。

＊33　排尿しながら大堀は、2年前に尿路結石を患ったときのことを思い出していた。トイレで小用を足そうとしたときに突如激痛に襲われ、なんとか1滴ずつ絞り出すように排尿したものだ。あのときほど苦労して小便をした経験はなかった。

＊34　こんな感想を述べられる以上、この時点ではまだ冷静さを保っていたと考えてよいだろう。中枢神経のほうは落ち着いていていたが、自律神経のほうはすでにテンパっていたのであろう。

チャンス到来。

生唾を呑む。トートバッグに手を差しこみ、包丁の柄を探る。掌が脂汗でべとついている。胸が高鳴る。人体というのはかくも繊細な反応を示すのかと感心する。[*34]

首を左右に振る。たったそれだけの動作がぎこちない。頭がまるで自分の身体の一部ではないような感触。吉田美少女を捜しているのに見つからない。彼女なら理想的なのに。吉田美少女を捜しているのに見つからない。彼女なら理想的なのに。[*35]

こんなことをしている場合ではない。バッグから包丁をとり出すと、とりあえず一番身近にいた女性社員をバックから羽交い絞めにした。女性としては背が高く、オレとさほど違わない身長だった。[*36]背後から抱きしめた形なので、顔はよくわからない。鼻先に迫ったストレートのロングヘアが

＊35　次第に中枢神経が冷静さを失い、パニックになりつつあった。このとき大堀の大脳は視覚情報を適切に処理できなくなってきていた。なぜなら、「吉田美少女」は10メートルほど前方に立ち、やや不審そうな顔で大堀を見ていたのだ。にもかかわらず相手を認識できないというのは、見ているのに見えていない状態だったといえる。

＊36　大堀により「ウド腐女子」という屈辱的な名前をつけられた女性社員の本名は、荒《あら》木《き》佳《か》代《よ》（21）。身長は170センチ、体重53キロのスリムな体格だった。ちなみに大堀健作のほうは身長172センチ、体重60キロ。一見の客である真田ゆかりから「ひ弱」と呼ばれる華奢な体格であった。

蒸れたような臭気を放っている。仮称、ウド腐女子。とっさのことでウド腐女子は自分の身になにが起こったのか理解できないようだった。
首に巻きついたオレの左手を振りほどこうとしたウド腐女子は、右手の刃物を見た瞬間、けたたましい悲鳴をあげた。[*37]
てめえ、サイレンかよ。不審者警報発令中かよ。気がつくと、店内の全員がこちらを見て固まっていた。上等だぜ。なかなか性能のよいサイレンじゃねえか。
もう、あとには引けない。
「ひとりも勝手に動くな。動くとこの女の命はない！」
ウド腐女子がしゃっくりのできそこないのような声を漏らした。イラッとする。柳刃で首筋をなでてやる。たちまち鮮血が噴き出した。[*38]
一瞬で店内がパニックに陥った。制止を振り

＊37　突然の大声にひるんで、大堀の左手による拘束が一瞬、緩んだほどである。
＊38　この時点では本当に皮膚の表面をそっと刃で触っただけだった。にもかかわらず、荒木佳代の首には長さ15センチにわたる傷ができたのだった。幸いなことに頸動脈は損傷しておらず、命に別状があるほどの深手ではなかった。

きって、店外に逃げ出す者。カウンターの陰に身を隠す者。大声でわけのわからないことを叫ぶ者。

恐怖に慄《おのの》く愚かどもの図。[*39]

「勝手に動くな！　おい、おまえ」啞然とした顔をこちらに向けている男性社員に命令する。「玄関のシャッターを閉めろ。ヘンなまねはするなよ。おまえの同僚の首が飛ぶぞ」

「で、でも、シャッターは外からしか……」

「はあ？　逆らう気か？」

凄むと、もうひとりの男のほうが生意気にもしゃしゃり出てきた。

「店長の貞光だ[*40]。頼むから、落ち着いてくれ。いま、吉沢くん[*41]が言ったように、シャッターは店の外側からしか閉められないんだ」

「じゃあ、玄関に鍵をかけて、ブラインドを閉めろ。すぐに全員でやらせろ！」

「わかった。わかったから、落ち着いて」貞光が

＊39　大堀の脳裏にはこのときヒエロニムス・ボスの地獄絵が想起されていた。実は大堀は美術鑑賞が趣味であった。心母屋の採用面接の際に人事部長から趣味を問われて、「美術作品を見るのが好き」と答えている。なお、好きなアーティストとして、ボスのほか、ジュゼッペ・アルチンボルド、ジョルジョ・デ・キリコ、イヴ・タンギー、ハンス・ベルメールを挙げている。
＊40　店長は貞光政行《さだみつまさゆき》（40）。既婚者でふたりの子持ちである。
＊41　もうひとりの男性店員は吉沢信《よしざわまこと》（36）。独身で、荒木佳代と交際していた。

オレをなだめたあと、店員たちに命じる。「言われたとおりにしよう。ブラインドを閉めて」

　店長の権威は絶大らしい。吉沢が正面のガラスの扉をロックする間に、女性社員たちが手早く店中のブラインドをおろした。*42 総ガラス張りの外壁が遮断され、空間が孤立した。密室の惨劇、はじまり、はじまり。

「きみの要求はなんだ？」

　貞光店長が気丈に質問する。無視していると、

「金ならあまりないが、全部やる。だから、お客さんを解放してくれ」と殊勝なことを抜かした。

「金が目当てならこんな店狙わない。黙ってオレの言うことを聞いてろ！」*43

　精いっぱい怒鳴ると、ウド腐女子が嗚咽を漏らしやがった。涙声で「放して、放して、放して」と訴えていやがる。

「うぜえんだよ！」

＊42　店員たちが貞光の命令に従う間、店内に閉じこめられた客からは、恨みがましい視線や不満の声が浴びせられた。このとき逃げ遅れて店内に閉じこめられた一般客は6名、長澤修を除く5名はいずれも女性（女子高生2名、OL2名、主婦1名）だった。

＊43　この大堀健作の言い分に嘘はない。彼が携帯電話ショップに押し入ったのにはれっきとした理由があった。

ぶらさがるようにして体重をかけてしゃがみこむと、女が床に尻餅をついた。[*44] この体勢のまま包丁を左手に持ち替えて、置いてあったトートバッグから右手で俎板をとり出した。

「耳削いであげよっか?」

俎板を右耳の下に敷いて小声で耳打ちすると、ウド腐女子が「やめて!」と叫ぶ。視界の端で人陰が動く。吉沢とかいう野郎がこちらに飛びこんできたのだ。シャッターをおろすための鉄の棒を振りかざしている。[*45]

「佳代ちゃんから手を離せ!」

血の気が引いた。吉沢は右から来るのに、包丁は左手にあった。右手に持ち替えて応戦するにはタイミング的に間に合わない。身体が自然に反応し、俎板を横に払った。空中に飛び出た俎板が回転しながら吉沢の顔面を見事にとらえた。鼻骨の折れる鈍い音がして、吉沢はそのまま倒れこん

＊44　バランスを崩した佳代は尻からもろに落ちたので、尾てい骨を痛打した。たとえこのとき大堀の拘束が解けたとしても、しばらくは床から立ちあがれない状態だった。

＊45　大堀がシャッターをおろすよう命じたことが仇となったわけである。吉沢は正面のガラス戸を閉めるときに、そっとシャッター棒を引き寄せていたのだ。

だ。[*46] うめきながら、床の上を転がりまわってやがる。転がるたびにカーペットが血で染まる。

一瞬の機転で逆転。いい気味だ。凶暴な気持ちが胸に湧き立つ。

「あんた、佳代ちゃんって言うんだ？」

耳元で囁くと、人質は恐怖におびえてぶるぶると震えた。と、床に生暖かい液体が広がる。立ちのぼるしょんべん臭。人質の腐女子が漏らしてしまったのだ。

怒。怒。怒！

「ありゃ、佳代ちゃん、お漏らししちゃったの。はしたないでちゅねえ」包丁で制服のスカートの留め具部分を一気に切り裂く。「さあ、おむちゅを替えまちょうかねえ」

人質は声帯の使い方を忘れてしまったようだった。がたがた身震いするばかりで、声を発する気配がない。[*47] 鼓膜を震わせるのは、苦痛に悶える吉

＊46　重さ1キロ以上もある回転する俎板を至近距離から顔の真ん中に食らって、無事にすむはずがない。結局吉沢は全治3カ月半の大怪我を負ったのである。

＊47　恐怖と恥辱による強度のストレスのため、声が出なくなっていたのだ。気の毒にも荒木佳代はこのあと半年間、心因性の失声症に苦しむことになる。

沢のうめき声だけ。店内の他の人間どもも、固唾を呑んで見守ってやがる。

と思ったら、ようやく主役がお出ましになった。

「健作、いったいなんの恨みがあるって言うの？」

3

菅原理恵だった。オレの元カノ。

「恨みはない」[*48]

「だったらなぜ？」

「やらねばならん使命みたいなもんに衝き動かされてよ。[*49]で、どうせだったら理恵の顔でも拝んどこうかな、と」

「訳わかんないわね」理恵は腰にこぶしを当て、仁王立ちになった。高飛車な態度が似合う女、菅原理恵。オレの元カノ。「こんなバカなまねして、どう落とし前つけるつもり？　外はもう大騒ぎみ

＊48　この大堀健作の発言にもいっさい嘘は含まれていない。少なくとも大堀は菅原理恵やその職場、あるいは携帯電話に恨みがあって犯行に及んだわけではない。
＊49　このあたりの大堀の心中、かなり本音に近いものがある。

たいよ」[*50]

そりゃそうだろう。人の出入りの多い携帯電話ショップが営業時間の真っ最中に「本日休業」の札も出さずに、閉めきられてしまったのだから。ましてやブラインドで閉ざされた店内からときどき悲鳴めいたものが聞こえてくれば、なおのこと。

「どうでもいいけどさ」だるそうな顔で理恵が言う。「お客さんとか、関係ない従業員とか釈放してくれない？　人質だったら、うちがなったげるから」

一理ある。理恵が正しい。[*51]

「わかった。そしたら、客は解放しよう。あと、そこでのたうち回ってる男と、ここで放尿した女、正義感の強そうな店長さんも解放したる」

「私が残るよ、菅原くん」店長が割りこんでくる。訴えるような目をこっちに向けてやがる。「人質なら私がなろう。だからほかの人間はどうか全員

＊50　事実、刃物を持った人間が押し入って人質をとって監禁中という通報が、このときすでに最初に逃げ出した客から警察に寄せられていた。異変に気づいた通行客たちも騒ぎ出し、ＴＶＡのクルーもなにごとかと関心を抱いたところだった。

＊51　交際していたときも、大堀はいつも理恵に頭があがらなかった。といっても大堀がM気質というわけではないし、理恵がS気質というわけでもない。純粋な力関係によるものと思われる。要するに経済力とか頭のよさとか……。

「……」

「うっとうしいんだよ！　とっとと裏口から立ち去れ！　でねえとてめえら皆殺しだ！」

ちょいと声を張りあげると、貞光はしゅんとなり、六名の客をまとめて従業員用通用口のほうへ連れていった。オレは油断しないようにお漏らし佳代ちゃんから手を放し、理恵の首に腕を回した。シャギーを入れたボブスタイルのブロンドヘアからいい香りが漂ってくる。[*52]相変わらず舶来品の高級シャンプーを使っているらしい。好感度大。

「はい、佳代ちゃんも立って。あんたを救おうとしてくれた、吉沢さんも連れて出ていきな。この人、早く治療したほうがいいよ」

腐女子はすすり泣きながら、吉沢のほうへにじり寄った。そして肩を貸して、顔面流血男を立ちあがらせようとしたが、力が足りずふたりで床に倒れこんでしまった。

＊52　すでにおわかりのとおり、大堀健作は体臭フェチであった。ついつい女性の体臭を嗅いでしまう性癖を持っていたが、なかでも好きなのが髪の匂いだったのである。

ヘタレが。

「そこの店員AとB！」[*53]カウンターのそばで片寄せあっているふたりの女性店員を呼びつけた。「おまえらふたりで、お漏らしねえちゃんと血まみれだんなを外に連れ出してやれ！」

ふたりは身震いしながらも、吉沢を両脇から抱えあげた。相変わらずひいひい泣きながら、佳代が自力で立ちあがる。四人はよろめきつつ通用口から出て行った。

「おい、店員C！」すでにおずおずと立ち去った眼鏡男に言い寄られていた丸顔の店員に命じる。

「通用口に鍵をかけろ！」

「わたしの名前はCじゃなくって、中川美紀です！」[*54]

中川は丸顔を紅潮させて荒っぽいしぐさで通用口の鍵をしめ、再び売り場に戻ってきた。これで店内の人間は四名となった。オレと理恵、挑戦的

＊53　端役とはいえ、AとBではあんまりである。せっかくなので名前と年齢だけでも明らかにしておく。石崎《いしざき》さよ子《こ》（28）と里村香代子《さとむらかよこ》（27）。ふたりは同期入社で、特に仲がよかった。
＊54　この発言からも推測できるように、中川美紀はとても向こう意気の強い女性だった。いくら長澤修が想いを寄せたところで、まるで相手にしていなかった。のちに捜査員から、通用口の鍵を閉める際にどうして逃げ出さなかったのかと問われ、「あの犯人をぎゃふんと言わせたかったから」と答えている。頭に血がのぼると、理性を失うタイプでもあった。

な態度をとる中川美紀という女と部屋の隅で小さくなっている吉田美少女。[*55]男はオレひとり&女が三人——元カノと美少女とフグ女。ハーレム、は言いすぎか。

「Cじゃなくて、美紀ちゃん、あんたケータイ扱うの上手だろう」

フグ女がまたしても膨れた。

「あたしこれでも一応販売員なんで、どの機種でも扱えますけど、それが?」[*56]

「だったらワンセグでニュースを見せてくれ。[*57]この事件が報道されているかどうか、見てみたい」

「それが狙い?」小馬鹿にしたような理恵の質問。「なんだ、テレビに出たかったんだあ。だったら、ブラインド閉めてちゃダメじゃん」

「違えよ！　別にテレビに出たいわけじゃない」[*58]

美紀がワンセグを起動した。「どのチャンネルですか?」

＊55　大堀は一時「吉田美少女」を見失っていたが、荒木佳代をいたぶっている間に、部屋の隅から小鹿のような眼差しを向ける彼女を再発見していた。つまり大堀は再び平常心をとり戻していたのである。店長の貞光政行や荒木佳代、吉沢信たちを逃がしたのも、一時的な思いつきではなく、計算ずくの行動だった。いまや大堀はこの携帯電話ショップ押し入り事件を楽しんでいたのである。

＊56　本当のところ、どの機種のどの機能にも精通していたというのは誇張である。だが、このショップで店長の貞光に次いで新機種のとり扱いに詳しかったのは、間違いなく中川美紀だった。

＊57　ワンセグの機能は日本ではあまり流行らなかったと総括できそうだ。最近のスマートフォンはワンセグを搭載していない機種も多く、大堀健作の持っている機種もそうだった。そのため、自分では操作できなかったのである。

＊58　疑う必要なし。これも大堀の本音だった。

「TVAだ」

チャンネルが合わせられた。いきなりこの携帯電話ショップの外壁が映し出された。人垣ができており、さっき原なにが氏にインタヴューしていた女子アナが男の通行客にマイクを向けていた。先ほどの撮影クルーが事件を嗅ぎつけ、スクープを狙っているようだ。

——あなたは買い物途中で事件に巻きこまれ、先ほどこのお店から解放されたんですよね？　ご無事でなによりでした。店内はどのような状況なのでしょうか？

マイクを向けられている男にも見覚えがあった。美紀に色目を使っていた眼鏡男だ。

「長澤さん……」

フグ女は男の名前を知っていた。

——ぼくたちのあと従業員も数名解放されたみたいですが、まだ中には店員数人が残っています。ぼくのガールフレンドの美紀ちゃんとか……。

「バッカじゃないの？」[*59]

フグ女はにべもない。

――それは心配ですね。犯人はどんな男だったのですか？

アナウンサーに訊かれ、眼鏡男が得意げに答えた。

――残忍そうな男でした。いかにも頭、悪そうな。

「バッカじゃないの？」口調をまねてから、フグ女に指示を出す。「ほかの局はどうだ？」

美紀がチャンネルを変えた。生中継を行っているのはいまのところTVAだけのようだった。他の各局はお昼の番組を放映中で、そのほのぼのとした画面には似つかわしくない内容のテロップで、この事件の速報を伝えている。もうじき各局

＊59　長澤の片思いにすぎないのに、公共の電波を利用して既成事実化されようとしたことに、中川美紀は憤っていたのだ。

の撮影隊がそろうだろう。それからがショーの本番だ。

4

一時間が経過し、時刻は二時半。すべて世は大騒ぎ。

ショップは警察と機動隊にとり囲まれ、報道各社もそろったようだ。先ほどから「要求はなんだ？」「人質を解放しろ」と刑事がうるさい。お楽しみの時間到来。

「吉田さん」

ずっと部屋の隅っこに張りついたままの吉田美少女に声をかけた。美少女は微動だにせず、虚ろな目をこちらに向けていた。

「吉田じゃなくて、古田《ふるた》ですよ」フグ女が嘲笑するように言った。「彼女の名前なら、古田まみ」*60

＊60　古田まみ（19）。「吉田」というのは、大堀が単にネームプレートを読み違えただけだったのだ。

「やっぱ、あの娘が好みなんだ」理恵がわかったような口を利く。[*61]「まみちゃん、琴子《ことこ》[*62]の面影があるもんね」

「軽々しく琴子なんて言うな！」

ついかっとなる。顔が熱い。

「あらあら、むきになっちゃって」

黙れ、ショータイムの主役はオレだ！

「古田さん！」[*63]自分の声が妙に甲高い。「こっちに来て！」

まみは自分が呼ばれたと気づくと、びくんと身体を揺すった。そして、ゆっくり立ちあがって、こちらにやってきた。蚊の鳴くような声で問う。[*64]

「わたしでしょうか？」

「そうだ。古田さん、そこで服を脱いで！」

「え？」

「素っ裸になってください。従わなければ、きみの先輩の命がありませんよ」

＊61　菅原理恵はずっと柳刃包丁を喉元に突きつけられていたせいで、さすがに憔悴してきたようすだったが、それでも元カレに対して強気な態度は崩さなかった。
＊62　首藤琴子《すどうことこ》（24）は大堀健作にとって菅原理恵の次の彼女だった。童顔で甘えた顔は、理恵が言及したように古田まみに似ていると評してもよいだろう。琴子に出会うなり、「運命の女《ファム・ファタール》」と直感した大堀は、彼女と一緒になるために理恵との仲を解消したのだった。大堀は琴子に対して下にも置かない扱いで接したが、琴子としては逆にそれが重荷になったようだ。彼女は大堀の元を離れて、原幸三の胸に飛びこんだのだった。
＊63　大堀が古田まみに対してだけ丁寧な言葉遣いになるのも、彼女が理想の女性、首藤琴子を彷彿させたからだと思われる。
＊64　蚊が鳴かないのは周知の事実である。この慣用表現は、蚊の羽音を鳴き声とみなした

そう言いながら、柳刃を理恵の喉に押しつける。

「まみちゃん、こいつの言うことなんか聞かなくていい。戻ってなさい！」

理恵が言い募る。その際に首を動かしたので、皮膚がぱっくり割れた。血が噴き出してくる。オレはその血を啜るべく、理恵の首筋に唇を這わせた。オレの血よりも鉄分が不足しているみたいな味。ちょっとしたドラキュラ気分。

「見ただろう。この凶器は切れ味抜群だ。きみが裸にならないと、次は容赦なく菅原先輩の心臓をひと突きだ！」

血を見たあとのまみは素直だった。潔く制服のジャケットとスカートを脱ぎ、少しためらったあとブラウスのボタンをすべてはずした。脱いだ服は几帳面に畳んで、床の上に重ねて置く。*65 薄いピンクのブラジャーとパンティだけになったまみは恥ずかしそうに胸に手を当ててしゃがんだまま、

ものかと解釈できるが、ご承知のように、蚊の羽音は耳障りでしかたない。いずれにしても比喩として適切とは思えない。
＊65　古田まみの血液型はA型だった。ちなみに主な登場人物の血液型を示しておくと、大堀健作と首藤琴子はA型、菅原理恵はO型、原幸三と中川美紀はB型である。

小鹿のような潤んだ目をオレに向けた。
「全部だ。下着も全部お願いね」
「変態！」理恵がなじる。「あんたねえ、琴子に袖にされたからって、うちのまみちゃんを欲望のはけ口にしようとしてるんじゃないでしょうね！」
「琴子のことはそれ以上言うな！　二度目の忠告だぞ！」
「何度でも言ったげるわよ、野蛮人！　あんたのその変態じみた好みが、琴子には耐えられなかったのよ。ウザいと感じてたらしいわよ、あんたのこと。それにしても原幸三みたいなチャラ男にもってかれるなんて、あんたも焼きが回ったもんね」[*66]
「るせい！」冷静になろうとしても怒気を静めることができない。「オレは琴子が幸せだったらそれでいいんだ」[*67]
「原幸三が彼女を大切にすると思ってるの？　飽きるまで遊んだらサヨナラに決まっているで

＊66　なぜ、菅原理恵が原幸三と首藤琴子の関係を知っていたか、疑問に思われる方もいらっしゃるかもしれない。なんのことはない。理恵と原もデキていたのである。大堀－理恵－原－琴子は一時期、非常にディープな四角関係を形成していたのだった。
＊67　この大堀の気持ちに嘘偽りはなかった。

しょ。[*68] そんなこともわかんないの？　能なし！」

「絶対に、そんなふざけたまねはさせねえ。琴子を悲しませはしねえ。[*69] 原だって、琴子のことを愛してるに違いない。魔が差しただけなんだ。きっと目を覚ますはず」

「魔が差したって？」[70]

突っかかるような調子で理恵が問う。

「なんでもない」[*71] オレはとにかくごまかすことにした。「とにかく、脱げ！」[*72]

オレと元カノとの罵り合いに目を丸くしていたまみは、覚悟を決めてパンティを脱いだ。それを小さく丸めてブラウスの下に押しこんだあと、おもむろにブラジャーを外した。全裸美少女のできあがり。

「けだもの！」まだ理恵が罵倒している。「まみちゃんに手を出したら、ただじゃすまないからね」

「ほう、どうするんだ？」

＊68　この理恵のことばには実感がこもっていた。原は琴子とつきあいながら理恵と浮気をし、結局琴子の元へ帰っていったのだから。
＊69　ある意味、大堀の琴子に対する愛情は純愛だったのかもしれない。琴子が幸せになってくれることこそが、大堀の最大の願いだったのである。
＊70　理恵は自分と原の関係を話題にされたと勘違いしたのだった。
＊71　大堀の脳裏には、数時間前に見た原とおつむの軽そうなバカ女との痴態が浮かんでいた。
＊72　これまで優しく接してきたまみにも乱暴な命令をくだしたことからも、このとき大堀がどれだけ動揺していたかがうかがえる。

「あんたの大切なおちんちんを噛みちぎってくれるわよ！」

「おもしろい。やってくれよ」

「え？」

意表を衝かれた理恵の顔はちょっとかわいい。理恵を力ずくで押し倒す。ジーンズのチャックをおろして、ボクサーショーツとともにずりさげる。オレの男根はものの見事に勃起していた。

「さあ、くわえろ」

理恵が怪物でも見るかのように見つめている。まみは目を伏せている。そのしぐさがまたかわいい。ここしばらく無言のまま、ワンセグの画面を凝視していた美紀も興味深そうにオレの股間を眺めている。このメスフグも案外淫乱なのかもしれない。

「冗談もほどほどにしな[*73]」

両手を理恵の後頭部にあてがい、根元までずっ

＊73　理恵のせりふが途中で途切れてしまったのは、そのとき彼女の口の中に大堀の男根が押し入ってきたからである。人は「あ」段の音を発音する際にもっとも大きく口を開く、大堀は理恵のせりふの先を読みながら、「ほどほどにしなさいよ」の「な」のタイミングで腰を前に突き出したのだった。

ぽりと突き入れる。先端が喉に達したらしく、理恵は涙目になってオレの男根を吐き出そうとした。邪悪な気持ちが頭をもたげ、オレはさらに両手に力を入れる。

「さあ、食いちぎってみろよ。いい具合に硬くて、噛み応えがあるかもよ」

理恵が顔を真っ赤にしながら、いやいやをした。[*74] しかたなく手の力を緩め、男根を半分くらい抜く。そして再び深く突く。

「昔よくしゃぶってくれたじゃねえか。あんときみたいに、してくれよ」

オレは理恵の頭を保持し、腰を激しく動かした。[*75] 放心した理恵の顔が愛しい。このとき身体の中心から快楽の炎が突き抜けてきた。

逝《イ》く！

その瞬間、オレは右手で包丁をしっかり握り締め、己《おの》が男根の根元にぐいと差しこんだ。恍惚（射

＊74 「あのまま押しつけられていたら、窒息死してたかもしれない」理恵は親しい友人（石崎さよ子や里村香代子など）にそう語っている。窒息死というのは多大な苦痛を伴う壮絶な死にざまであるが、窒息の原因が怒張したペニスだったとなれば、仏さまも浮かばれないだろう。

＊75 女性が主導しているわけではないので、これはフェラチオではない。男性主導のイラマチオとみなすべきである。

精）と激痛（去勢）が同時にオレを貫く。

店内が悲鳴で満ちた。下腹部に焼け火箸を突き刺された気分。股間を押さえた両手の間から、とめどなく鮮血があふれ出してくる。[*76] オレは混乱した頭で、まみの折り重ねられた衣服の山に突進した。ブラウスの下を探り、丸められたパンティを引っ張り出す。大急ぎでそれを股間に当てたが、ピンクの小さな布切れは瞬く間に真っ赤に染まってしまった。

萎れてしまったかつてのオレの一部をくわえたまま、そのようすを見ていた元カノがへらへらと力なく笑った。

*76 この寸前には海綿体に大量の血液が流れ込んでいた事情を考え合わせると、尋常ではない出血量も想像できよう。

5

それから三時間以上が経過した。[*77] 店内に残っているのは、かろうじて生き延びていたオレとワン

*77 このときの時刻は午後6時25分だった。

セグ名人のフグ女だけだった。
大量のザーメンと血液を浴び正気を失くした理恵はあれからまもなく解放した。血まみれの肉片をくわえたまま警察に保護された元カノは、すぐさま報道陣の餌食となった。[*78]
あれ以来ずっと泣きっぱなしだったまみちゃんもそれからしばらくして解放した。全裸で大勢の人前に姿を現した美少女は、とり囲む野次馬たちに、なによりの話題のネタを提供した。[*79]
そのあとは美紀とふたりだった。フグ女は股間を押さえて悶絶するオレなど興味なさそうに、ワンセグの画面に没頭していた。[*80] 自分のいるこの店が外側からとり囲まれ、さらにテレビカメラで撮影されて全国に生中継されている。その現実が不思議でたまらないようだった。たしかに非日常的な感覚ではあった。
ワンセグの画面から目を離し、唐突に美紀が訊

＊78　マスコミは猟奇的な事件に目がないものである。それというのも、一般大衆が猟奇的な事件を欲しているからにほかならない。本質的に人は興味本位で無責任なものなのである。
＊79　美女の裸体ほど人の想像力をかきたてるものはない。泣きながら解放された全裸の美女……人々は密室の事件現場内でなにが起こったと推理したか？　想像するのはさほど難しくないはずだ。
＊80　携帯電話ショップだけあって、当たり前だがワンセグを視聴できる機種はいくらでもあった。一斉に起動させて、各局の中継を見比べていたのである。

いた。

「で、結局、あんたの目的はなんなわけ？」

「なんだと思う？」

ひと言発するだけで、股間がじんじん痛む。昔の宦官《かんがん》はよく耐えたものだと感心する。

「世間の注目を浴びたいっていう、愉快犯？」

「残念」

「去勢マニア？」

「バカ！」

「菅原先輩に対する復讐？」

「ブー」

「じゃあ、さっき言ってた琴子とかいう人への復讐でしょう？」

「ぜんぜん違う。[*81] どっちか言ったら、逆だ」

「逆って、どういう意味よ？」

「少しは自分のおつむで考えな」

フグ女がお得意のフグの顔まねをした。

＊81　この否定の文句を述べる際、大堀健作は少々笑みを浮かべていたことを付記しておいたほうがよいかもしれない。

「わかった。原とかいう男への仕返しでしょう。あんたから琴子さんを奪ったくせに、そのあと別の女に手を出したんじゃないの？　菅原先輩、言ってたじゃん。『飽きるまで遊んだらサヨナラに決まっているでしょ』って」

なにも聞いていないようなふりをして、意外と抜け目のない女だ。

「なんでそうなる。オレがこんな事件起こしたって、なんで原の野郎が困るんだよ」

「だよねえ……」

美紀は再びワンセグの小さな画面に見入った。警察になにか動きがあったのか、刑事たちの動きが慌しくなったようだ。

「おまえ、怖くないのか？」

訊いてみる。

「だっていまのあんたじゃねえ。レイプされる心配もないし、そもそも立ちあがることすらできないじゃん。見てて、痛々しいくらいだよ、むしろ」

「だったらとっとと逃げろよ」

促す。

「でもなんか、タイミングを逃しちゃったんだよね。いまのこの警戒態勢の中、のこのこと出て行くのはちょっとねえ」

「そのうち強行突破してくるぞ、警察は」

「え、嘘？」

「ホントだよ。警察の動きがにわかに活発になったからもう時間の問題かもしれない」[*82]

「マジ？」

「たぶんな。狙撃犯なんかが入ってきたら、流れ弾に当たって死んじまうかもしれないんだぜ」

「冗談でしょ？　あたし、それはヤだなあ」

「だったらいまのうちに逃げろよ」

「あんたはどうするのよ？」

その問いにオレは答えなかった。口を利くのが

＊82　大堀の推測は当たっていた。警察は午後7時になったら強行突破しようと、緊急配備の態勢を整えはじめたところだったのである。

しんどくなってきていたし、残された時間も少なくなってきていた。

「ひとつだけ頼みがある。ＴＶＡの中継をオレの近くまで持ってきてくれ」

美紀は「え？」という顔になり、ワンセグ放送中のスマートフォンを一機、運んできた。

「これだけど」

「サンキュな」

警察の動きがますます緊迫の度合いを増している。いよいよ突入が近そうだ。壁にかかった時計に目をやった。

午後六時五十二分。

「いよいよやばいぞ。もうすぐ突入してくる。早く逃げろ！」

「わかった。じゃ、元気でね」

フグ女は意味不明の挨拶を残して、通用口のほうに駆けていった。それを見届けたオレは渾身の力で包丁をつかむと、刃先を左の首筋に当てた。

深呼吸をひとつ。

ふたつ。

みっつ。

背の部分にあてがった左手をぐいっと押しこむ。刃が肉を切り裂く。経験したことのない痛み。というか、痛すぎて本当に痛いのかどうかわからない。身体の全神経がオレに抗議しているようだった。

うるさい！

たちどころに視界が狭まる。心拍数がマックスになる。

オレは包丁の柄を一気に右に引いた。視野いっぱいに閃光。襲来する痙攣。げぼっというような奇妙な音が聞こえたのを最後に、オレは暗い穴の中へ落ちて行った。

［伊東飛雁からの挑戦状］

さて、問題です。

大堀健作はどうしてこのような事件を起こしたのでしょう？　彼はこの事件中何度かわれを忘れて衝動的な行動をとりましたが、最終的には当初の目的を達成しました。その当初の目的がなんだったのかを推理してください。

なお、本文もさることながら、膨大な脚注の中に見逃せないヒントがいくつか隠れていることを予め明言しておきます。

では、ご検討をお祈りします。

第三章 「増田米尊、規制を課す」の巻

1

増田米尊は頭をかきむしった。

またしても大切なプレゼンテーション用の資料がわけのわからない小説にすり替わっている。いったい誰がこんなまねをしているのか。増田が大学に来なかった週末に、何者かが再びパソコンを勝手に操作したに違いない。

迂闊だった、と増田は後悔した。

金曜日は資料が完成したことでほっとしてしまい、パソコンのキーワードを変更するのを忘れてしまったのだった。まさか同じ被害に再びあうことなどあるまい。そう高をくくっていたところ、ものの見事にやられてしまった。

先週から今週にかけて、ずっと研究室に通っているのは都筑昭夫だけだ。だからといって都筑

が犯人だとは限らない。今週は夏休みの岩谷薫、岡本勉、那智章彦の三人も金曜の夜や土日にはチャンスがあった。今日から顔を出すはずの横田ルミにしても、週末綾鹿に帰ってきていたのならば、犯行のチャンスはいくらでもあった。

まずはパスワードを変更し、誰もが増田のパソコンに自由にアクセスできるという状況を変更した。これまであまりにもセキュリティ意識が低すぎたのだと反省する。少しくらい規制するのはあたりまえなのだ。

パソコンの設定を変更する間、増田は誰かからじっと見つめられているような視線を背後に感じていた。

准教授室には朝から増田しかいない。隠れ場所もないので、人が潜んでいるはずなどない。にもかかわらず、うなじのあたりにちりちりと微妙な違和を覚える。このところ断続的に感じていたが、帰省後、それがさらに強度を増したような気がする。

(もしかして盗撮されているのかもしれない)

そう思いついた増田は「問題作」なる小説をプリントアウトする間も、部屋の中に小型監視カメラが仕掛けられていないか、つぶさに探してみた。しかし、それらしいものは見つからず、部屋を荒らされたような形跡も確認できなかった。

疲れが溜まっているだけか。増田は自らに言い聞かせ、椅子に座ってもう一度「問題作」を読み返してみた。読者への〈挑戦状〉がついているので、これもミステリーの一種なのだろう。それにしては尻切れトンボに終わっている。謎は提示されているのに、答えに該当する部分がないのだ。

未完のミステリーなのだろうか。

「問題作」の作者は伊東飛雁というペンネームを使っている。〈いとうひがん〉と読むのだろうか。「処女作」の作者は阿久井一人だった。阿久井と伊東は別の人物なのか、それとも同じ人物なのか。同じようないたずらを仕掛けているのだから同一人物という気がする。しかし、作品の傾向はかなり違う。「処女作」がいわゆるオタクっぽい謎ときミステリーであるのに対して、「問題作」は犯人の一人称で描写された犯罪小説に無理やり〈挑戦状〉をくっつけたようなバランスの悪い小説になっている。ペンネームが違うことから考えても、別の人間という可能性は残る。

しかし、どうしてプレゼン用資料をこれらの小説にすり替えるのか。一度ならず二度までもおこなったということは、なんらかの意図があるに違いない。最初に思いつくのは、何者かが増田の学会発表を邪魔しようとしているのではないかという疑いだ。

岩谷も同じような内容を口にしていた。岩谷の推理では、自分のバスト写真が使われた論文の発表を阻止するために、横田ルミがすり替えたというものだったが、どうなのだろうか。

ルミに直接訊いてみる必要がある。増田は大部屋にルミを探しにいった。しかし、紅一点の女子大生はまだ来ておらず、ちょうど都筑昭夫が到着したばかりのところだった。

「都筑くん、またしてもやられてしまったよ」

都筑が犯人という可能性もある。増田は男子学生の反応に注目しながら、「問題作」の原稿を差し出した。

「えっ、また増田先生のパソコンに原稿が現れたんですか」

素直に驚く顔を見る限り、この性質《たち》の悪いいたずらに都筑が関わっているとは思えない。

「そうなんだ。せっかく二日かけて資料を作り直したというのに、水の泡だよ」

「バックアップはとっていらっしゃらなかったのですか」

「ようやく完成したところで力尽きてしまった。痛恨の極みだ」

「バックアップは基本中の基本です」

「次回から肝に銘じるとするよ。ところで、またこの原稿も読んでもらえないだろうか」

「これもミステリーなんでしょうか？」

「ちょっと変わっているけど、たぶんミステリーだと思う」

「歯切れが悪いのが気にかかりますね。わかりました。すぐに読んでみます」

読み終えたら准教授室まで来るように要請し、増田は自分のデスクに戻った。コーヒーを淹れて飲み終える頃、都筑が入ってきた。

「読み終わりました」

「そうかい。これもやはりミステリーなんだろう？」

「珍しい形式ですが、一種のミステリーと申しあげてよいと思います。『処女作』と同様にバカミスです」

「これもバカミスなのか。『処女作』とはずいぶん味わいが違うようだが」

「ミステリーには謎ときを主眼とする本格ミステリー、タフで非情な主人公の活躍を描くハードボイルド、警察という組織に焦点を当てた警察小説、犯罪に関わる人間の心理や思考に重点を置いたクライム・ノヴェル、痛快な活劇物の冒険小説など、いくつものジャンルに細分化できます。実際にはジャンルは明確に区分できるのではなく、複数の要素が混じり合ったりしているのですが。バカミスというのはいま挙げたようなジャンルと並列なのではなく、味つけのようなものです」

「味つけ?」

「突出したおバカなアイディアをそれぞれのジャンルに盛りこむとバカミスになります。『処女作』はバカな本格ミステリーでしたが、『問題作』はバカなクライム・ノヴェルでしょうか」

「なるほどな、少しわかったような気がする」

「クライム・ノヴェルに見せかけて、最後に〈挑戦状〉を挟む趣向が実におバカです」

「この小説はそもそも完成しているのだろうか?」

「たぶん作者の意図としては完成しているのでしょう。タイトルがそれを物語っています。『問題作』というタイトルには、この作品は推理クイズの問題編ですよ、という意味がこめられているのだと思います」

「なんだ、そういうことか。では、この問題は解けるわけかな？」

「ええ、さほど難しくはありません。大堀健作はどうして、あんな事件を起こしたのか。クライム・ノヴェルですから、大堀の身になって考えれば、解けるはずです」

「そうなのか。では、ちょっと考えてみよう」

増田はぱらぱらと「問題作」の原稿をめくり、思考をめぐらせた。しかし、この手のクイズには慣れていないのか、すぐに「ヒントをくれ」と都筑に泣きついた。

「増田先生は大堀を変質者だと思っていませんか？」

図星だった。増田は大堀に自分と近い資質を感じていたのだ。

「もちろんだ。だって、大堀は女性店員にしゃぶらせて大きくなったペニスを射精の瞬間に切断しちゃうんだからな。天国と地獄を同時に味わうようなものだろう」

「そこですよ。大堀はなぜ男性のシンボルを切除したのか。その点がわかれば、大堀の心理が明らかになります」

増田は視線を自分の股間に落とし、「きみがいま言ったように、ペニスは男のシンボルだ。そのシンボルを切除するということは、大堀は男という性から脱却したかったのではないかな？」

「いいセンいっています。大堀はセックスのできない身体になることで、自分の心の中の純愛の気持ちを伝えたかったのだと思います」

「純愛だって？」

鳩が豆鉄砲を食ったような顔になった指導教官を見て、学部生が愉快そうに続けた。

「原幸三がどっかのおねえちゃんといちゃいちゃしながらインタヴューを受けるのを、大堀は目撃してしまいました。崇拝する運命の女《ファム・ファタール》首藤琴子が選んだ原が、なんと琴子よりも数段レベルが落ちる女と浮気している。大堀はそれに愕然としたに違いありません」

「そんなふうなことがほのめかしてあったな。しかしそれなら、原をとっちめればいいじゃないか」

「ふつうはそうかもしれません。でも、すでにテレビ綾鹿の撮影クルーがインタヴューを終えてしまっていました。その映像はニュースで流されるかもしれない。いくら原を責めたところで、その映像を止めるのは不可能です。テレビ綾鹿にかけあっても、かえって怪しまれるだけでしょう」

「まさか！」

増田がはっとした顔になる。都筑がうなずいた。

「大堀はなんとしても、琴子を悲しませたくなかった。原のインタヴュー映像を見せたくなかったのです。だから、自ら重大事件を起こしてテレビカメラを釘づけにしたんですよ」

「本来ならば、あの祭りのようすは六時台のローカルニュースで流される予定だったから、その放映予定時刻が過ぎたのを確認して、自害したってわけか」

呆れる増田に、都筑が笑いかけた。

「純愛でしょう?」

「バカバカしい!」

「だから、バカミスなんですよ」

「なんとも反応に困るな。この作者、伊東飛雁というのは、誰だと思う? 『処女作』の作者阿久井一人とは別人なんだろうか?」

「伊東飛雁の正体を考える前にひとつ教えてください。阿久井一人について、あれからなにか明らかになりましたか?」

「すっかり行きづまってしまった。きみは岡本が怪しいと言い、岡本と岩谷さんは横田くんが怪しいと言い、那智はきみが怪しいと言っている。見事にばらばらで、私も判断に困っている。多数決で言えば、二票獲得した横田くんが最も怪しいことになるわけだが、まだ本人の言い分を聞いていないし、現段階では予断は禁物だろう」

「ぼくの推理は間違っていましたか」

都筑が肩を落とす。

「間違いと決まったわけではない。誰の推理も決め手を欠くというのが現状だ」

「わかりました。現役のミス研メンバーとして頑張りますので、もう一度チャンスをください」

「もちろんだ。で、先ほどの質問に戻るわけだが、『処女作』と『問題作』の作者は同一人物なのか、それとも別人なのかという問いに対して、きみはどう考えるかな?」

「ミステリー作家にはひとりで複数のペンネームをもつ人がたくさんいます。エラリー・クイーンがバーナビー・ロス名義で〈悲劇四部作〉を、アントニイ・バークリーがフランシス・アイルズ名義で倒叙物の作品を書いたのは有名です。サスペンス派の巨匠コーネル・ウールリッチとウィリアム・アイリッシュは同一人物ですし、〈87分署シリーズ〉で名高いエド・マクベインはエヴァン・ハンターやカート・キャノンなどいくつものペンネームをもっています。ドナルド・E・ウエストレイクも同じですね。イヤミスの先駆者ともいえるルース・レンデルもバーバラ・ヴァインという別名を使っています。日本でも辻真先と牧薩次の例もありますし、ミステリー界では別名はさほど珍しくありません」

得意分野の話題になったせいだろう、都筑が立て板に水を流すように語った。

「わかった、わかった。要するにペンネームが違っていても、同じ人物の可能性は十分にあるわけだな」

「はい。『処女作』と『問題作』はタイトルの関連性が明確ですし、バカミスという趣向も共通しています。『問題作』のほうは二段組になっているのでわかりにくいですが、本文のフォントの種類と大きさは同じですし、字間や行間も同じです。ですから、同一人物と考えたほうがよいのではないでしょうか」

論理的に説明されると、反論が思いつかない。増田は大きくうなずいた。

「よくわかった。で、誰が書いたかということなんだが」

「『処女作』については諸説が出ているようなので、これ以上の検討は保留しておきましょう。ぼくが書いたという意見は心外ですが、現時点では反論しません。それよりも『問題作』から検討を加えたほうが建設的だと思います」

「同感だ。しかし、『問題作』からなにが読みとれるだろうか?」

「本筋にはあまり関係のない脚注にヒントが含まれているのではないか、と考えました」

「どういう意味かな?」

「この作品における脚注には〈挑戦状〉で提示した問題を解くためのヒントがさりげなくちりばめられています。しかし、ヒントだけを並べると答えがわかりやすくなってしまうため、あまり意味のない脚注を用意し、そこに紛れこませることで、読者を煙に巻こうとしています」

「姑息な手段だな」

「ミステリーの伏線なんて、そんなものが多いんですよ。つまり、物語の制約なしに付された意味のない脚注には、作者本人の興味や関心が表れやすいわけです。〈神の視点による脚注〉と銘打ってありますが、実際は作者の視点による脚注にほかならないわけですから」

ミス研在籍者の指摘に納得した増田が「問題作」のプリントアウトをめくる。

「そうすると、たとえばこれはどうだ。注5では、ミドリガメを野外に放つことが生態系に悪しき影響を及ぼすと警告している。ほとんど本筋には関係のない注だから、作者の考えが出ているのではないだろうか」

「そう思います。注17では過剰包装への嫌悪感が語られています。また、注64では唐突に蚊の羽音について触れられています。これらの脚注から、作者は環境や生き物に興味を抱いているらしいと推測されます」

「なるほどなあ」増田は心から感心しつつ、「注39も浮いている気がするなあ。ヒエロニムス・ボス、ジュゼッペ・アルチンボルド、ジョルジョ・デ・キリコ、イヴ・タンギー、ハンス・ベルメール……大堀の好きなアーティストとして紹介されているが、実際は作者の趣味なんじゃないか。ひと言でまとめるなら、異端派のアーティストだな」

「ぼくは知らない人もいますが、おそらく先生のおっしゃるとおりでしょう。それからぼくが気づいたのは、後半の舞台はずっと携帯電話ショップなのに、タブレット端末に関してひと言も言及がないことです。これ、不自然じゃないですか?」

「言われてみるとそうだな。スマートフォンは出てくるが、タブレットは一度も出てこない。つまり、作者自身、いまだにタブレット端末を所持していないのかもしれない」

「情報機器、デジタル機器、そういったものに疎い人物なのかもしれません」都筑はさらに原稿をめくり、「注33も気になりますね。尿路結石の痛みは作者自身の経験に基づいているのではないでしょうか」

「それはありそうだな。私も経験があるが、あの痛さは尋常ではない」

「それはともかく、尿路結石は女性よりも男性のほうに多く発症すると聞いたことがあります」

「そのとおり。男の尿道のほうが長いのがその理由らしい」

「ぼくが思うに、この『問題作』を書いたのは男性ではないでしょうか。イマラチオのシーンがあったり、そのあと去勢したり、ペニスにこだわった描写が多いのも気になります。男根主義と言っていいのかどうかわかりませんが、男目線で書かれている気がしてなりません」

都筑の主張は増田にも理解できた。

「となると、横田くんははずれるわけか」

「あいつにはそもそも小説を書けるだけの文才がありませんよ」都筑は犬猿の仲の同期生を一言《いちごん》で斬り捨てると、「横田は除くとして、本当にぼくら男学生の中に犯人がいるのでしょうか。ひとりずつ考えてみましょう。まずぼくですが、アルチンボルドとかタンギーなんてアーティストは聞いたことがありません。それは自己申告なんで疑われればそれまでですが、タブレット端末は二台使いこなしていますし、尿路結石になったこともありません。さらに言えば、それほどセックスにも興味がありません。ぼくも犯人候補からはずしてもらってよいでしょうか」

増田が見るところ、都筑は自己申告のとおり草食系男子のようだった。ガールフレンドはいるというが、セックスよりも一緒に遊んだり食事したりする時間を重視するタイプだろう。

「認めよう。きみではなさそうだ」

「ありがとうございます。次に那智さんです。那智さんは女好きで、男根主義的な発想をする人だと思います。しかし、自然とかエコにはいっさい関心がなさそうですし、たぶんアートも興味の範疇にないでしょう。タブレットはいつも持参しているのを知っていますが、尿路結石の経験があるかどうかは知りません」

「微妙なところだが、総合的に判断すれば、彼もシロかな。小説を書くという手段そのものが、彼にはそぐわない気がする」

都筑の評価を受け、増田が判定した。

「そうですね。岡本さんは童貞主義者ですが、増田先生と同様、オナニストを標榜しています。セックスには関心はないかもしれませんが、男根に対するこだわりは非常に強い。そう考えてもよろしいでしょうか?」

「うん、射精願望はふつうの男よりもむしろ強いくらいかもしれない」増田が弟子の心理を代弁した。「しかし、岡本は芸術にはまったく無頓着だぞ。このまえ、『モナ・リザ』って誰が描いたんですかと訊かれたときには、思わず腰が砕けそうになった。尿路結石も患ったことがないはずだ。去年私が脂汗を流していたとき、あいつは本当にそんなに痛いんですかと冷ややかに見ていたからな」

「となると、岡本さんも除外ですね。では、岩谷さん。岩谷さんは年齢的にもうセックスから卒業なさっているんじゃないでしょうか。ぎらぎらしたところがひとつもありません」

「本人もそう言っていたよ。それに、あの静かな岩谷さんがこのような暴力的な小説を書くとは到底想像ができない」

「では、岩谷さんもはずしましょう。ほら、結局犯人候補は誰もいなくなってしまいました」

「うーむ、外部犯なのか。きみたち学生のうちの誰かから私のパソコンのキーワードを聞きつけた外部の人間が勝手に侵入しているのだろうか」

「その可能性は否定できませんが、その前にひとつだけ確認させてください」

都筑が顔の前に人差し指を立てて、ひょいと頭をさげる。

「なんだ?」

「失礼を承知でおうかがいしますが、増田先生ご自身がお書きになったのではないですよね?」

「むろんだよ。どうしてそんな質問を?」

「先生はけっこう自然愛好家ですよね。よく自然観察会なんかにも行かれていますし」

「そうだな。生き物の観察のしかたを自分のフィールドワークに役立てようと思っているからな。覗きや盗撮、盗聴のテクニックはすべて自然観察から学んだようなものだ」

「この小説に出てくるアーティストもご存じなんでしょう。名前を見て、異端派とまとめることができるくらいですから」

「そこそこ名の通ったアーティストばかりだよ。正統からちょっとはずれたものに惹かれる傾向はあるかもしれない。クラッシックよりも現代音楽のほうが好きなのも、それと関連しているのかな」

増田は少しだけ胸を張った。

「やはりそうですか。先生がタブレット端末をおもちでないのは知っていますし、尿路結石の経験者であることは先ほどご自身でおっしゃっていました。それからさっき岡本さんのときに検討したとおり、先生もペニスには人一倍こだわりがあるのではないでしょうか？」

「否定はしないよ。ということは、私だけが作者の伊東飛雁のプロフィールと一致しているわけか」

増田は墓穴を掘ったような気分になり、唖然とした。

「はい、そうなります。もちろん伊東飛雁のプロフィールといっても『問題作』から読みとれる分が、たまたま先生と合致してしまっただけだと思いますけど……」

都筑が語尾を濁した。自作自演を疑われているように感じて、増田は懸命に否定した。

「違うよ、違う。私はこんなわけのわからない小説なんか書いていない。そもそもどうして私がそんなまねをしなきゃならないんだ。理由がないだろう」

「理由があるとしたら……」

「理由があるとでも？」

指導教官に詰め寄られ、都筑の声が小さくなる。

「まったくの戯言《ざれごと》ですので、流してください。理由があるとしたら、先生はスランプに陥っていて、学会のプレゼンテーション用資料がまとまらないのではないでしょうか。資料ができないことを隠すために、何者かによりパソコンに侵入されたように見せかけた」

「き、きみは私が事件を捏造していると言うのか！　し、失敬な！」

頭に血がのぼり、興奮のせいで声が震える増田だった。

「すみません」都筑が頭をさげる。「本当はそんなこと信じていません。ミス研なんかに入っていると、つい論理をこねくり回す癖がついてしまって……すみません。きっと外部からの侵入者が犯人だと思います」

最後のひと言はまるでつけたしのように増田の耳には響いた。

「わかったよ。いろいろと参考になる意見をありがとう。私ひとりでもう少し考えてみるから、きみは部屋に戻りなさい」

「わかりました。失礼します」

お辞儀をして立ち去ろうとする学部生の背中に、増田がことばを投げかける。

「本当に私ではないから信じてほしい。それから、横田くんが出てきたら、私が呼んでいると伝えてくれ」

2

――増田先生ご自身がお書きになったのではないですよね？

都筑のことばがいつまでも耳の奥に残っていた。

自作自演などではないことは増田が一番よくわかっている。それにもかかわらず、都筑から、質問されたとき、どきっとしたのは事実だった。自分ならば書きかねない内容だという自覚はあった。ミステリーを書く才能があれば、書いたかもしれない。

都筑は「処女作」の作者を岡本ではないかと推理していた。その根拠として都筑が挙げたのが、作中の女性の妊娠に関する誤った描写は性体験のない岡本が生半可な知識で書いたため、というものであった。そしてこの指摘はそのまま増田にもあてはまる。つまり、都筑の視点に立てば、「処女作」「問題作」の両方を書くことができるのは増田だけということになる。だからこそ、直接疑念をぶつけてきたのだろう。

二編とも増田の性格や生活をよく知る人間が、まるで増田になり代わって書いたような、そんな内容だった。こんな器用なまねができるのは、都筑しかいないのではないか。増田は改めてそう感じていた。

増田のことを知りつくし、ミステリーにも通じている人間など、他には思いつかない。犯人が都筑だとしたら、その狙いはなんなのだろう？

——先生はスランプに陥っていて、学会のプレゼンテーション用資料がまとまらないのではないでしょうか。

もしかしたら、都筑は増田を精神的に追いこもうとしているのではなかろうか。だからあんな発言をして、増田を混乱させようとしたのでは……。

「私は断じてスランプなんかではない！」

増田が自分を鼓舞するために声に出したちょうどそのとき、ドアが開いて派手なルックスの女性が顔を覗かせた。ただでさえ大きな目をエクステでさらに強調し、メイクをばっちり決めた横田ルミだった。襟に刺繍の入った白ブラウスにオレンジ色のフレアスカートというフェミニンな装いである。

「びっくりしました。先生、どうなさったんですか？」

舌足らずのしゃべり方のせいで、先生がセンセと聞こえる。

「これは失礼、ちょっとした発声練習というか、ストレス発散だよ」

「スランプって聞こえましたけど？」

ルミが首を傾げると、明るい色に染めたセミロングの髪が軽やかに揺れた。同時に甘い香りが漂ってきた。

「独り言だ。なんでもないよ」

「そうですか」ルミは大きな瞳で准教授を見つめ、「先生、いつもとなんか雰囲気が違いますね」

「そうかい？　特に変わったこともしていないんだが。どんなふうに違う？」

「なんか逞しくなられたというか、凛々しくなられたというか……すみません、年上の男の方に失礼を言って」

「なんの。美人に褒められて悪い気がする男なんていないよ。お世辞でもありがとう」

そう答えつつも、増田は郷里で会った義姉と姪の反応を思い返していた。ここ数日で女性からの評価がうなぎのぼりなのはどういう風の吹きまわしなのだろう。

「お世辞なんかじゃありません」

「照れるからもういいよ。ところできみは昨日まで休みだったみたいだね」

「はい。イタリアへ旅行にいってました。パック旅行だったので、日程がタイトで疲れちゃいました」

近頃の学生は旅行もヨーロッパなのか、と増田は感心した。自分が学生時代の夏休みといえば、北海道のユースホステルをめぐる旅が定番だったものだが。

「ちなみにいつ出かけたの？」

「八月四日に出発して、昨日帰ってきました。七泊九日のコースです」

その日程で海外にいたのであれば、増田が帰省した八月八日にこの部屋のパソコンを触れたはずがない。那智が指摘していたように、共犯者がいたとすれば別だが、増田はその考えには同意できなかった。ルミの性格から推して、もし都筑の行為に憤慨したのであれば、直接都筑に文句を言ったはずだ。

共犯者を使うという回りくどい手を使って、増田に訴えようとしたという那智の推理が机上の空論に思えてきた。きっとルミは無関係なのだろう。

「楽しめたかな？」

「いきたかったミラノにもフィレンツェにもいけたし、ブランド物もいろいろ買えたので満足はしています。疲れましたけど」

「いい休暇を過ごしたみたいだね。もう部屋に戻ってもいいよ」

「えっ、原稿のことは訊かないんですか。原稿がどうのこうのって、昭夫が言ってましたけど」

ルミは同期の男子学生を昭夫と呼び捨てにした。その口ぶりからも仲の悪さが伝わってくる。

「ああ、それはもう解決したんだ……」

「わたしが妊娠したという内容なんでしょ。読ませてくださいよ」

ルミが上体を前に乗り出したので、発達した胸が増田の目の前に迫ってきた。増田はなんとか目を逸らすと、「そんなに言うなら、読んでみるかい。だけど怒らないように」と言い、「処女作」の原稿を渡す。

てっきり大部屋の自分のデスクに戻ってから読むのだろうという増田の推測ははずれ、ルミは准教授室の隅に畳んで立てかけていたパイプ椅子をもってきた。座って足を組んだ際にスカートの裾がめくれ、太腿が露わになった。ルミはかまわず原稿を読みはじめたが、増田は気になってしかたがなかった。

雑念を払ってパソコンに向かい、学会発表のための資料をもう一度作りはじめた。三度めともなると手慣れたものである。記憶を探りながら、さくさくと作業を進める。

しばらく没頭している間に、ルミの存在をすっかり忘れていた。二時間ほどぶっ続けで作業し、コーヒーブレイクにしようと椅子から立ちあがったときに、パイプ椅子の上で眠っているルミに気がついた。

「横田くん、おい、横田くん、起きて」

声をかけても目覚めるようすがない。肩を揺すると、ようやくまつげエクステの奥で薄目が開いた。

「わぁ、すみません。寝落ちしてました」

「時差ぼけで体調が戻ってないんじゃないのか。家でゆっくり身体を休めたほうがいいと思うよ」

「でも、今夜からバイトなんですよ」

その情報も那智から聞いていたが、増田は初めて聞いたふりをした。

「そうなのか。最近の学生は大変だね。で、『処女作』は最後まで読んだのかね？」

「なんとかの十戒とか、わかんないことばが多くて苦労しましたが、一応最後まで読みました。これ書いたのって、どうせ昭夫でしょ？」

「都筑くんは否定しているが」

「だって、こんなに理屈っぽいミステリー書けるのはミス研の人間に決まってますよ。ったく、オタクなんだから」

ルミの意見は増田と同じだった。あまり力にはなりそうにないが、とりあえず味方が増えたのは嬉しい限りである。増田は本音を隠したまま質問をした。

「しかし、彼はどうしてこんな小説を書いたのだろう?」

「わたしへの欲望がひねくれた形で現れたんだと思います。ヤりたくてヤりたくてしかたないから、小説の中でわたしを無理やり犯して喜んでいるんでしょう。しかも、あくまで自分の願望を隠して、岩谷さんを犯人にしたてあげるなんて、卑怯にもほどがあります」

「おや、都筑くんはきみに気があるのかね。でも、きみたちはよく口喧嘩をしているじゃないか」

「わたしは大嫌いですよ、あんなオタク。でも、昭夫のほうはそうでもないらしく、がっついた目でよくわたしを見てるんです。わたしに意地悪するのは、逆に意識しているからなんですよ。小学生にいるでしょう、好きな女の子に声をかけられず、ついついいじめてしまう男の子。あれとおんなじ思考回路です。ガキなんですよ」

「そんなものかね。彼はつきあっているガールフレンドがいると言っていたが」

「どうせ口からでまかせですよ。ばれやしないと高をくくって、嘘を吐いているのでしょう。昭夫はまだ童貞じゃないかなあ。そんな臭いがします」

「なに、臭いでわかるのか?」

驚いた増田は、右腕をあげて腋を嗅いだ。なんともいえない特有の臭気があるが、これが童貞臭なのだろうか。

ルミは意味ありげに笑うと、「先生からも童貞臭が漂ってきます」と言いながら、鼻を近づけてきた。

増田はとっさに身体をのけぞらせ、ルミをかわした。それでもルミは追いすがってくる。

「不快な思いをさせたのなら、ごめん。謝る。明日から毎朝シャワーを浴びてくるから」

「そんな必要はありません。わたし、昭夫の筆おろしをするつもりなんてさらさらありませんけど、先生ならばしてあげてもいいですよ」

「横田くん、なにを言ってるんだ。バカなまねはやめなさい」

「なんだか急にむらむらしてきました。先生、どうしてもわたしを抱く気にはなりませんか?」

色っぽい顔で迫られ、一瞬、増田はわれを忘れそうになった。しかし、なけなしの理性をかき集めて反論する。

「この年齢まで童貞をとおしてきたのに、いまさら主義を曲げるわけにはいかない。いますぐ部屋から出ていきなさい」

ルミはしゅんとなったが、次の瞬間うわ目遣いになり、「それならば、お口でサービスしちゃいましょうか。それならばオッケーなんじゃないですか?」

肉感的な唇から出た長い舌が、それ自身が命をもつ生き物のようにくねくねと動いている。あの舌で亀頭を舐められたら、どんなに気持ちがいいだろう。想像したとたんに、ペニスが元気に起立した。増田は両手を股間に押しつけ、目をつぶる。欲望を抑えつけ、無理やり声を荒らげた。

「オナニストを愚弄するとはなにごと！　マスターベーションとは自分の手を使ってなんぼなんだ。他人の力を借りたのでは、もはやマスターベーションとは呼べない！　そもそも、教師に色目を使うなんて、きみはズベ公かね？　そんな学生は大学にこなくて結構。とっとと帰りたまえ！」

ドアの開く音に続いて、ルミが退出する気配がした。深呼吸をして気を静めてから、ゆっくり目を開けた。

あやうく女学生と不適切な関係を結ぶところだった。かろうじて踏みとどまった増田は、自分を褒めた。その一方で、頭の中には大きな疑問符が浮かんでいた。どうしてここ数日で、女性の増田への接し方が変わったのだろう。義姉の麻里子にしても、姪の紋にしても、学生のルミにしても、まるでさかりがついた猫のように増田にすり寄ってくる。ここまで重なると偶然では済まされない。

女性の側に原因があるわけではないだろう。増田のほうになにか原因があるに違いない。姪の紋は、増田をフェロモンむんむんの殿方と称していた。この年になって急にフェロモンを分泌しだしたのだろうか。ひとつ思い当たるのは、最近妻から加齢臭がすると言われるようになったことだ。まったく自覚はないが、増田の身体はなんらかの化学物質を分泌するようになったのではないだろうか。セックスに臆病になっている妻はそれを嫌なにおいとしか感じられず加齢臭と斬り捨てたが、一般の女性にとっては性的な興奮をもたらす成分が含まれていると考えれば、このところのモテモテ現象も理解できる。

近頃よく感じる視線も、増田の分泌する化学物質に反応した女性の熱い眼差しなのかもしれない。もしかして、その化学物質は人だけではなくいろんな生き物のメスに有効なのではなかろうか。ときとして誰もいない空間で視線を感じることもあるが、あれは壁を這うヤモリのメスや暗がりに網を張るクモのメスが増田に対して性的な対象として狙いを定めているからでは……。

女性から注目を浴びるのはありがたい気もするが、盗撮や盗聴などの手法で女性の自然な行動を把握したい増田の変態フィールドワークにとっては、むしろ迷惑であるともいえる。

増田は少々思い悩みながら、資料の作成を続けた。

3

増田は心療内科で診てもらうことにした。本当に化学物質を分泌しているのであれば、皮膚科か内分泌科のほうが適切だろうが、すべては増田の思い込みという可能性もまだ残っていたからだ。たとえ変態でも科学者の端くれとして、それくらいの客観視はできていたのである。ところが、ちょうどお盆だったためにいこうと決めた心療内科のクリニックは休みだった。

増田の言い方がきつすぎたのか、月曜以来ルミは大学に顔を出しておらず、大部屋に通っているのは都筑だけだった。その都筑にしても、大学院入試の勉強で忙しいようで、増田とはほとんどことばを交わすこともなかった。静かな環境の中、増田は学会の資料を完成させ、今度はパソコンの中だけでなく、外づけハードディスクとUSBメモリとSDカードに保存し、それらの記憶媒体を常に持ち歩いた。パスワードが変わったおかげか、単に犯人が諦めたのか、パソコンが勝手に触られるということもなかった。

増田は時間を有効活用し、大学の紀要に載せる原稿を書くことにした。前々から依頼を受けていたのだが、なかなか時間がとれず、手をつけていなかったのだ。

綾鹿科学大学理学部・理学系研究科の紀要は、数学だけにとどまらず物理学、化学、生物学、地学からなる理学部全分野での研究成果を発表する学術雑誌であった。専門分野の雑誌とは違って専門家による査読が入らないため、比較的自由に研究成果を紹介できた。研究者はどうしても専門雑誌への論文の寄稿を優先するので、紀要の仕事などはついつい後回しになってしまいがちだった。

増田は学会発表の内容を、数式を使わずにずっと平易な文章で表現し、紀要向けの原稿を作成した。結果や考察よりもフィールドワークという調査手法に重点を置くことで、数学にそれほど興味のない人間にも読んでもらえるようにしようと考えた。その意味で、「キャバクラ嬢の豊胸指数をもとにした日本人女性のバストサイズの傾向推定」というタイトルは多くの読者の目を引きそうだった。

紀要の原稿も仕上げて送った増田は、翌週の二十日、札幌へ向かって旅だった。二十一日から二十四日まで三泊四日の日程で開催される応用数理学会に出席するためである。

増田の口頭発表は二十二日に予定されていた。札幌に到着した二十日はひとりでラーメンを食べ、翌日は気の合う研究者仲間と一緒にジンギスカンとビールをたらふく胃に詰めこんだ。夏の北海道は最高だ、などと怪気炎をあげているうちに発表の日がやってきた。

毎度のことであるが、発表前は緊張する。掌に「人」の字を書いて呑みこむと増田は演台に立った。

増田の作成した資料がスクリーンに投影される。

「それでは私、増田米尊より『キャバクラ嬢の豊胸指数をもとにした日本人女性のバストサイズの傾向推定』について発表させていただきます」

緊張のあまり声は出ていなかったが、会場では爆笑が起こっている。どうやらツカミはばっちりだったようだ。意を強くした増田だったが、スクリーンに目をやったとたん固まってしまった。スクリーンには増田の記憶にない文字が浮かんでいたのである。


「出世作」


増田は硬直してしまい、ひと言もしゃべることができなかった。沈黙したままの発表者をよそに、プレゼンテーション用のスライドは決められた時間になると次々に代わっていく。

スライドが進むごとに会場の喧噪が大きくなり、最後はあちこちから失笑が漏れるようになった。結局、増田は棒立ちのまま、与えられた十分間の発表時間が終了した。当然ながら、誰からも質疑の手は挙がらなかった。

出世作

井海降人

1　8月13日2時55分　展子《のぶこ》

「ねえ、いつまでテレビ観てるの？」

展子が甘ったるい吐息をぼくの耳に吹きこむ。

「ペナルティー・キックが決まって、日本が同点に追いついたところなんです。もうちょっとだけ、我慢してください」

「男の人って、どうして誰もかれも球蹴りなんかに夢中になっちゃうのかしら。うちの亭主もやれ大久保《おおくぼ》がどうしたってうるさいのなんの。ねえ、大久保って誰？」

「嘉人《よしと》、フォワードの選手ですよ。ほら、いまパスを回したこの選手です」

「ふーん」

裸体にバスタオルを巻いただけの格好の展子は、興味なさそうに口をとがらせた。部長夫人である展子はぼくよりも二歳年上だったが、ときおり見せるすねた表情は、まるでおぼこ娘のように幼稚に映り、それがぼくの欲情をかきたてるのだった。

そのとき相手国の南米の選手が二本目のゴールを決め、日本チームは再びリードを許してしまった。

「オリンピックなんか観てるより、自分の身体を動かしたほうがよっぽど健康的でしょ」そう言いながら、展子はぼくの股間に手を伸ばした。「やだ、こんなに元気になってるじゃない」

たしかにぼくのムスコはボクサーブリーフの狭い空間の中では窒息しそうなくらい、大きく成長していた。

「そうですね。サッカーも点とられちゃいましたし、これ以上観ても悔しいだけかもしれませんね」

リモコンでテレビを消すなり、展子を抱き寄せ、ふくよかな唇をふさいだ。舌をこじ入れると、待ちうけていたように展子の舌がねっとり絡みついてくる。とろけるような感触を十分に味わったうえで唇を放すと、展子の額にぼくの額を押しつける。ぼくのほうが十五センチほど長身なので、展子は仰ぎ見るような姿勢になっていた。黒くつぶらな瞳はこのあとの期待で淫らに濡れていた。

展子はぼくの直属の上司である部長の奥さんだった。課内の忘年会で酔いつぶれた部長をタクシーで家まで送り届けた際に、玄関先まで出てきて労いのことばをかけてくれたのが展子だった。

宴席の賑やかさが好きな部長は、ふた月に一回程度なにかと理由をつけては飲み会を主催し、文芸部の親睦を深めてきた。そんなこともあり、部下たちの信望も篤い好漢だったが、いかんせん酒はそれほど強くなく、女性社員から酌を重ねられると正体をなくすこともしばしばだった。忘年会の夜も早々に酔っぱらってしまい、店の隅で眠っているのをタクシーに乗せ、それでも家まで帰りつけるかどうか心配なので同乗してマンションまで付き添ってきたのだった。

そのときの判断はとてもよかったと思う。理由はふたつある。

ひとつは、部長から一目置かれるようになったこと。あの夜の部長はよほど調子が悪かったらしく、タクシーを降りる際に胃の内容物を盛大に吐き戻してしまった。異変に気づいたぼくがすんでのところでタクシーから引きずり出したからよかったものの、でなければ嘔吐物が後部シートに飛び散ったに違いない。あやうくタクシーの運転手から損害賠償を請求されるところだった。そのできごと以来、部長はぼくを頼りにしてくれるようになったのだ。家まで送り届けたことで、一気に株があがったようだ。

ふたつめの理由は、こうして展子というすばらしい恋人を得られたことだ。ぼくのズボンの裾に少量の嘔吐物が付着していることに目敏く気づいた展子は、ぼくをマンションの中にいざなうと、風呂に入るよう促した。その間にズボンの汚れをなんとかしようと考えたようだった。帰宅するなり寝室に直行した部長をさしおいて、シャワーを使わせてもらった。ぼくもアルコールが回っていたのだろう。熱いシャワーを浴びたせいか、酔いがぶり返していた。酔眼のせいか、展子がぼくを誘っているように見えた。実際に誘っていたのかもしれない。次の瞬間、ぼくは上司の妻をリビングのカーペットに組み敷いていた。隣の部屋で部長が高いびきをかいている中、ぼくは避妊具さえつけずに展子と激しく交わったのだ。寝室の気配を気にしながら声を殺してよがる展子に、ぼくはすっかりめろめろになってしまったのだった。

展子を抱きかかえ、ダブルベッドまで移動した。掛け布団の上にそっと降ろし、そのまま覆いかぶさる。キスをしたまま、バスタオルをはぎとる。弾力のある乳房が露わになった。包みこむようにゆっくりと撫でまわし、展子の身体が敏感になったところで、乳首を吸った。

「あうっ……」

反射的に声を出し、展子はのけぞった。軽く乳首に歯を立てると、鳩尾《みぞおち》から下腹部にかけてのなだらかな曲線がぴくりと波打った。舌先で転がすように乳房全体を舐めまわす。展子の口から長い溜息が漏れた。

世の中は明日からお盆だ。それに合わせてぼくも五日間の夏季休暇がはじまったところだった。部長は二泊三日の予定で京都に出張中。京都の著者のもとをあいさつ回りしている。有力な著者の顔つなぎをするのも文芸部長の立派な仕事なのだ。

おかげで今晩と明晩の二夜、ぼくは展子とたっぷり愛し合うことができる。ダブルルーム一泊一名八万円也のこの高級ホテルにチェックインする際、展子は熱っぽい目で「五回はしようね」

と囁いた。期待に添うべく、明日はホテルから一歩も出ずに励むつもりだ。

実際に何回できるかは別にして、最初の一回はじっくり楽しみたかった。展子の肌を味わうのはほぼひと月ぶりだ。背徳の関係もすでに八か月になるが、展子の肉体はいまもまだ新鮮な歓びをぼくにもたらしてくれた。

攻撃の目標を乳房からへそのあたりへとずらす。舌先に脂肪の柔らかさを感じるが、決して太っているわけではない。女性として好ましいバランスの肉づきだった。

童顔で小柄なため歳よりも若く見える展子だが、黒々と生えた陰毛は成熟した女を主張していた。鼻先で茂みをかきわけ、固くなった花芯を探り当てた。

唾液をからませた舌で舐めあげると、展子は「うう、うっ」とあえぎ声をあげた。ムスメは内部からあふれでた蜜でもう十分すぎるほど濡れていた。唇を這わせ、蜜を吸う。蜜壺に舌をねじこみ、丁寧に舐めとる。たちまち蜜があふれてくる。ぼくを迎え入れる準備はすっかりできあがっていた。

展子がぼくのボクサーブリーフの中に手を差しこんできた。熱を持ち硬くなったムスコを握り、ぎゅっと締めつける。

「こんなにおっきくなってる」展子が訴えるような目でぼくを見つめた。「ねえ、ちょうだい」

そのひと言で理性がはじけ飛んだ。ブリーフを脱ぎ捨てると、展子の両足を大きく広げ、すっかり覚醒したムスコを蜜壺の入口にあてがう。ムスコの頭で花びらを押し広げる。粘膜同士が触れ合う快感で、瞬時に脳が麻痺した。我慢できず、そのまま奥まで押しこんだ。

ムスメがムスコを包みこむ。しまり具合は絶妙だった。

「あ、いや、だめー」

ことばとは裏腹に、展子の声は歓びに満ちていた。二度、三度、四度と深く突く。そのたびに展子は声をあげた。

しばらく同じ行為を繰り返したあと、体を入れ替え、ぼくが下になった。展子はぼくにまたがり、ムスコを自らの蜜壺に導いた。そのまま小刻みに腰を上下させる。手を伸ばすと、ちょうど乳房に届く。軽く揉んでやると、一心に腰を振っていた展子の動きが一瞬とまった。つながったまま上体を起こしてキスをし、再び横になって展子に身体を委ねる。

今度はぼくの上で展子が円を描くように腰をグラインドさせた。花びらがムスコの付け根の肌とすれて気持ちがいい。そのまま続けてほしかったが、回転運動は体力を使うのか、展子はすぐに前後運動に切り替えた。

騎乗位は好きではない。ほとんどの場合、結合の深度と強度が足りない。どんなに気の合うパートナーであっても、女性のリードで射精にまで達するのはほぼ絶望的だ。気が緩むと途中で萎えてしまうこともある。

それでも展子が馬乗りになるのを許していたのは、彼女がそれを求めたからにほかならない。セックスにおいて、男女は平等だ。お互いが攻め攻められ、貪りあうのが正しい姿なのだと思う。

だからぼくは、一方的な男目線で作られたＡＶなんて醜悪で観る気にもなれなかった。

ひとしきり腰を振って満足したのか、展子が甘えるような声で、「交替しよ」と言った。望むところだ。展子を下にして、ゆっくりと挿入する。

二秒かけて奥まで差しこみ、同じ時間をかけてぎりぎりのところまで抜く。このストロークを繰り返し、じわじわと快感を高めていく。十回ほど繰り返したところで、展子の瞳がとろんとしてきた。

ピストン運動の回転を倍速にする。激しく打ちつけると、展子の口から自然とあえぎ声が漏れる。その声がぼくをさらに興奮させる。

一秒に二回とペースをあげる。肉と肉がぶつかる音が響き、額に汗が浮いてきた。下腹部が熱くなってきた。射精の瞬間が近づく。

「セイゴ、イク、イク！」

展子から名前を呼ばれた瞬間、興奮が一時的に冷めたが、下半身は暴発寸前だった。ぼくの気持ちなどおかまいなしに、ムスコはミルクを勢いよく放射していた。

身体中の汗腺が一気に開き、汗が滲み出てきた。腋臭《わきが》もにおう。自分が獣になった気分になる。

荒い息を吐きながらムスコを引き抜く。頭の部分の膨らみが壺の壁を刺激するのか、展子は「はふーん」と身悶えた。

枕元のボックスからティッシュを抜きとり、展子のムスメを拭う。展子はピルを常用していた。

おかげでゴムを着ける必要がない。ナマでできるのはありがたいことだった。

続いてムスコを拭おうとすると、展子が口を近づけてくわえた。舌でお掃除してくれるようだ。縮こまっていたムスコがたちまち元気をとり戻す。

「セイゴったら、また硬くなってきたよ」

ペニスから口を放し、展子が笑いかけた。

「その呼び方、やめてもらえませんか。自分の名前、嫌いなんですよ」

「どうして？　いい名前だと思うけど」

「なんか下っ端ぽくて、好きになれません。偉くなれそうな感じがしませんよね」

「性豪なんて、きみにぴったりじゃない」

ことばで聴いただけではなんのことだかわからなかったが、しばし考えて意味がわかった。

「ぼくは淡白なんです。そんなに絶倫ではありませんよ」

「本当？　試してみる？」

展子が舌先でムスコの頭をぺろぺろ舐める。くすぐったい快感が背骨を駆けのぼり、脳を刺激する。ムスコはまたたくまに臨戦態勢を整えていた。

「ほら、大丈夫でしょ」

「休みはまだたっぷりあるんですよ。最初からこんな調子でやってたら、途中でダウンしちゃいますよ。ゆっくり楽しみましょう。それより……」

「なあに？」

「部長には本当にばれていないんでしょうね？」

「心配ないわ。あの人はわたしのことなんか目に入ってないから。今回も京都に出張とか言いながら、どうせ浮気よ」

「えっ、でも京都で著者に会うのは本当ですよ。ぼくがアポをとったんですから」

「でも、打ち合わせは昼間でしょ？」

「午後と夕方ですね。顔つなぎが目的なので、有力な著者とは会食の場も用意しています」

「それだって、あんまり遅くまでならないわけでしょう。翌日の午前中はどうせ暇なんだから、夜通しだって楽しめるじゃない。きっと今頃、一戦交えているんだわ。ねえ、わたしたちも……」

展子が再びムスコの先端をぺろっと舐めた。無条件反射で身体がぴくっと反り返る。

ぼくは展子の頬を撫で、「そんなにがつがつしないでください。じゃあ、部長は愛人を連れて京都へ出張しているってことですか」

「そうに決まってる」

「奥さん、相手の女性もご存じなんですか？」

「もう、奥さんはやめてって言ってるでしょう。展子って呼んで。相手は同じ文芸部の子よ。トモコとかいう名前の女がいるでしょ？」

意表をつかれた。同期の女性社員ではないか。入社以来七年のつきあいになる。ぼくには仲のよい同僚としか見ていなかったが、えくぼが似合うチャーミングな顔立ちで、一部の男性社員から人気があることは知っていた。しかし、清純派の彼女が、まさか部長と不倫していたとは……。言われてみれば、彼女も昨日から夏季休暇に入っていた。

「その情報、確かなんですか？」

「いつだったかしら、寝言で愛おしげに名前を呼んでいたのよ。翌朝問いつめたら、開き直って白状したのよ。わたしとは別れて、そのうち一緒になりたいなんて、まったく虫のいい話だわ」

「部長本人が認めたんですか……」

「そういうこと」

予想外の事態だった。これまでにヒット作をいくつも世に出してきた部長は、社長の覚えもめでたい文芸部のエース編集者だ。部内での不倫スキャンダルが表沙汰になったら、果たしていまの立場のままいられるのだろうか。

実はこの休暇に入る前、部長から課長昇格の打診があったばかりだった。部長が処罰を受けるようなことがあれば、その話もなしくずしになってしまうかもしれない。

「奥さ……展子さんはどうなさるつもりですか。離婚に同意する気じゃないでしょうね」

「あら、いけない？　別れたら、わたしたちも晴れて一緒になれるのよ」

「それはそうですけど……」

望むところではなかった。展子との関係はあくまで火遊び。あわよくば部長の弱みが握れるのではないかという下心を胸の底に秘めていのだ。

「ねえ、知ってる?」

展子が淫らな輝きを浮かべた目でぼくの顔をのぞきこむ。

「なにをですか?」

「わたし、今日は呑んでないの」

「はい?」

「ピル、呑まなかったの」

「えっ、どうして……?」

「危険日なんだ。さっきのエッチでできちゃったかも」

「………」

頭から血の気が引くのがわかった。元気になりかけていたムスコもみるみる萎《しお》れていく。

「あらあら、ちっちゃくなっちゃって。でも平気よ。すぐに大きくしてあげるから」

展子が舌を這わせると、ぼくの意志とは無関係にムスコが頭をもたげはじめた。

2　8月13日22時12分　朋子《ともこ》

東京の下町育ちの朋子は小股の切れあがったいなせな女だった。かわいらしい顔立ちに似合わず、性格は勝気でさっぱりしている。男に媚びないところが、つきあっていてかえって気持ちいい。

著者との会食を早めに切りあげてホテルに戻ってみると、朋子はテレビの前に張りつき、ビールを飲みながらオリンピックの中継を見ていた。

「野球か。この北京が最後になるんだってな」

「日本はまだオリンピックで金獲ったことがないでしょう」

「そうなのか？」

サッカーは好きだったが、野球にはあまり関心がない。

「そうよ。アトランタ大会の銀が最高。そのときも、前回だって、金はキューバだったわ」

「アメリカよりもキューバのほうが強いのか」

「少なくともオリンピックではそうね。今夜の相手もキューバだから、日本は苦戦してる。先発のダルビッシュが打たれちゃったのよね。キューバ相手に二点のビハインドは厳しいかも」

スコアは2対4だった。サッカーと違い、二点差ならばまだ諦めるのは早い気がしたが、朋子はすでに見切っているようだ。だったら都合がいい。俺はソファの背後から朋子を抱きすくめた。

「やめて。テレビ観てるんだから」

「嘘つけ。もう半分以上興味を失っているくせに」

肩越しに身を乗り出し、強引に唇を奪う。舌を入れようとすると、朋子は幼児がいやいやをするように首を横に動かし、俺を振りほどいた。

「お酒臭い。どうせ今日も、たくさん飲んできたんでしょう」

「しかたないだろう。編集者なんて接客業。著者に気に入られてなんぼなんだから」

「部長になってまで、作家先生のご機嫌うかがいをしなきゃならないんだ。そんなの若手に任せておけばいいじゃない」

「たとえばきみみたいなぴちぴちの若い女性編集者にか？　だめだね。きみのような尻軽女はすぐに著者とねんごろになってしまいそうだ」

「だからといって、担当が女性作家ばかりってどうかと思う。これも一種のセクハラじゃないの？」

「バカ言うなよ。きみの貞操を守ってやっているのに、どうして文句を言われなきゃならないんだ」

「自分の貞操くらい自分で守れます」

「それじゃダメなんだよ。きみはもう俺のものだ」

抱きしめる腕に力をこめた。朋子は抜群のプロポーションをしていた。小さすぎず大きすぎず、適度なヴォリュームの乳房を服の上から揉みしだく。

「放して。苦しいじゃない」

このひと言で俺の闘志に火がついた。芯の強い女性を力ずくで服従させるのは得も言われぬ愉しみだ。朋子のブラウスに手をかけ、ひと思いにボタンを引きちぎる。

「ひどい。このブラウス、お気に入りだったのに」

「また買ってやるから、つべこべ言うな」

ブラウスを投げ捨てると、目の前に現れたブラジャーのホックをはずす。形のよい乳房が露わになった。

「まだシャワーも浴びてないじゃない」

「俺は終わってからシャワーを浴びる。いつもそうだろう？」

「じゃなくて、わたしが。まだシャワー浴びてないのよ。お願い、ちょっとだけ待って」

「こんな時間まで俺が仕事していた間、どこでなにをやっていたんだ。ずっとオリンピックを観ていたわけでもあるまい」

「自分の夏休みに、なにをしてもかまわないでしょう。休みの予定まで部長に申告しなければならないの？」

「きみは特別だ。ちゃんと報告する義務がある」

ソファの背を乗り越えて、朋子の前に回った。有無を言わさず、乳房にむしゃぶりつく。

「鴨川べりを散歩して……あんっ……してただけよ」

「本当だろうな。若い男とよろしくやっていたんじゃないだろうな」

スカートをめくりあげる。朋子はグレーのパンティをつけていた。

「やめて。そんなことするはずないでしょう」

スカートをおろそうとする手を遮って、一瞬早く股間に顔をうずめた。くんくんと嗅ぐ。熟れた女体《にょたい》の香りがした。

「男の臭いがするぞ」

「バカ！　まだシャワー浴びてないって言ってるのに」

委細かまわずパンティの上から女性器をまさぐる。生地を通して、陰核と陰唇の起伏が伝わってくる。口では拒否しながらも、身体は正直だった。たちまちパンティに染みが浮いてきた。

「もうこんなに濡れてるじゃないか。よっぽど待ち遠しかったんだな」

さすがに恥ずかしくなったらしく、朋子は両手で顔を隠している。その間にも染みが少しずつ大きくなる。生地が透けて朋子の女陰の形がうっすらとうかがえるようになった。

パンティを脱がすのももどかしい。生地を端に手繰り寄せ、隙間から女陰を露出させた。朋子が手を伸ばし懸命に隠そうとするが、そうは問屋が卸さない。俺はいち早く舌を大陰唇に這わせていた。

「ああん」

ふだんはそれほどでもないが、朋子のよがり声はハスキーだった。それが俺の興奮をさらに掻きたてた。

小陰唇を広げ、女陰の内部を覗きこむ。糸を引く鮮やかなピンクの壁があまりに淫らだ。中指と人差し指を突っこんでみる。朋子の身体は火照《ほて》っていた。二本の指の第一関節を曲げ伸ばしてGスポットを刺激すると、朋子の声がとまらなくなった。理性をなくし、身体をぴくぴく震わせている。

「あ、うう、あう……イ、イッちゃう……」

内部から大量の愛液が流れ出し、俺の指をぐっしょり濡らした。引き抜いてねぶる。粘度のある液体が舌に絡みついた。

立ちあがってズボンとトランクスを一緒におろした。勃起した肉棒が朋子の顔に向かって屹立《きつりつ》している。朋子の側頭部を両手で支え、朋子の口に肉棒を押しこむ。朋子は少しだけ抵抗したが、すぐに諦めて口を大きく開けた。

腰を前方に突き出すタイミングで、朋子の頭部を手前に引く。肉棒の先端が喉の奥に触り、朋子は噎《む》せて咳きこんだ。二度、三度、四度と繰り返す。朋子が涙目で許しを乞う。

「苦し……い。や……やめ……て」

俺は別にS気質ではないと思う。でも、ときとして自分でも抑制がきかないほどの暴力衝動にとらわれることがときどきある。いまもそうだった。朋子を無茶苦茶にしたいというどす黒い感情が俺の心を支配していた。嫌がる朋子が壊れそうになるまで、無理やりイマラチオを続けた。

抵抗する力がなくなったところで朋子をいったん解放し、膝立ちの姿勢をとる。今度は朋子の両足を抱え持ち、前に引き寄せるようにして股間の距離を縮める。怒張した肉棒は愛液でぐしょぐしょになったパンティの脇からすっぽり膣の中へ吸いこまれていく。

「きゃ……あん……」

朋子の口から悲鳴とよがり声が混じったものが転がり出た。その声をもっと聞かせろ。大きく腰を振り、激しく突く。奥に達するたびに、朋子の声のかすれがひどくなる。やがてほとんど吐息だけになった。

ソファから抱き起こすと、後ろ向きに立たせる。ソファの背に両手をついた恰好で尻を突き出させた。朋子は身長が高いので、立ちバックには都合がいい。腰骨を支え持ち、下半身を打ちつける。

あたる場所が変わったのが新たな快感を生んだのだろう。朋子の肉体は素直に反応し、俺が打ちつけるたびに、電気ショックを与えられたみたいにぴくんと大きく跳ねた。

やがて接合部がねちゃねちゃといやらしい音を立てはじめた。朋子の分泌物が膣の中で俺の肉棒によってかき回され、泡立ちはじめたのだ。気がつくと俺の下半身も朋子の尻も粘液でてらてら光っているではないか。

「スケベな女だな、きみは」

朋子をベッドへ導きながら、耳元で囁く。すかさず返事が戻ってくる。

「部長こそ」

ベッドに横たわった朋子はまだスカートとパンティを着けたままだった。そのまま最後の仕上げにとりかかろうとすると、朋子は慌てて両方の布切れを脱いで言った。

「コンドームをつけて」

「ああ、そうだな」

同意するふりをしただけで朋子の足を押し広げると、そのまますっぽり挿入した。

「だめ……うっ」

右手で陰核を刺激しながら、小刻みに腰を動かす。ありったけの力をこめて削岩機のように突いて突いて突きまくる。

「いや……いい……中はだめ……い、いい……」

快感に悶えながらも、必死になって中で射精しないよう訴えている。その健気なさまが愛おしく、さらに突きまくる。

息が乱れ、心臓の鼓動が速くなる。と、下半身がむずむずしてきた。射精の瞬間が近づいてきたのだ。あと五、六回突けば、勢いよく精液が飛び散るはずだ。

このまま朋子の中で果てようか。邪心が頭をよぎったが、いろんなことが面倒くさくなりそうだと冷静に考える自分も同時にいた。

「ヤバっ、出る」

あわやというところで、肉棒を引き抜くと、朋子の引きしまった腹の上で存分に射精した。へその窪みを中心に白濁した液が池を作っている。その池に人差し指を浸すと、そのまま朋子の口へ持っていく。

激しい性交の余韻で、朋子はまだ痙攣していた。脳が正常に機能しておらず、目の前の指がなんだか理解できていないようだ。まるで人形のような動きで唇を薄く開き、俺の人差し指を吸った。

「にがっ」それが合図で正気をとり戻したようだ。「ひどい、変なもの舐めさせたでしょう」

「本当は全部飲みほしてほしいくらいだ」

「変態！」

「どう呼ぼうと勝手だが、お望みどおり外で出したことは評価して欲しいもんだ。そのままでちょっと待ってな」

バスルームへ行き、タオルを持ってくる。朋子の腹の上の精液を拭きとってから、肉棒も綺麗に拭う。軽くキスをすると、朋子が頬を膨らませる。

「悪人！」

「いいねえ。たしかに悪人だよ、俺は」

「好色漢！」

「それほどでもないと思うけどなあ。きみだって本当は好き者だろ？」

「わたしは違うわ」

「上司と不倫旅行するような女性が好き者でないはずないだろう」

「強引に誘われたから、つきあってあげているだけよ。ねえ、展子さんのことを話して」

「こんなときに妻の名前を出すなよ。せっかくこれから二回戦を迎えようというのに、勃《た》たなくなっちゃうじゃないか」

朋子が身体を起こし、俺の顔を覗きこんだ。

「奥さんはあなたのことをなんて呼んでるの？」

「そんなことはどうだっていいだろう」

「あ、照れてる。やっぱ、奥さんのこと愛してるんだ」

「違うって。フッコだよ」

「えっ？」

「だから、妻は俺のことをバカにして、フッコって呼ぶんだ」

「なにそれ？　意味がわかんない」

言わなきゃよかった。すぐに後悔した。

「俺の趣味がフットサルだろ。それをもじったつもりだろう。センスがないんだよ。ろくでもないあだ名さ」

「ふうん」幸いにも朋子は興味を失ったようだ。「本当に奥さんとはセックスレスなの？」

「嘘なんかつくものか。どうせあいつも今頃別の男に抱かれているんじゃないかな」

「まじで？　そんな関係なのにどうして別れないの？」

その話はここではしたくなかった。

「そんなに俺と一緒になりたいのか？」

冗談めかして言うと、朋子は口をとがらせた。

「うぬぼれないでよ。身体の相性はばっちりだと思うけど、別に部長と家庭を築きたいなんて考えていないわ。わたしはまだしばらく独身生活を謳歌するつもり。部長だって……」

朋子が目を伏せる。

「どうした？」

「部長だって、わたしのことは遊びにすぎないんでしょ？」

いつのまにか朋子のまつ毛に透明な液体が滲んでいた。本当は温かい結婚生活を渇望しているのかもしれない。自分の立場をわきまえて、俺の求めに応じる都合のよい女を演じているだけではないだろうか。そう考えると、朋子のことがたまらなく愛おしくなる。ひしと抱きしめ、長い口づけを交わす。

「明日はどういう予定だっけ？」

気をとり直すような口調で朋子が訊く。

「著者との打ち合わせは今日で終わったから、明日はフリーだ。最終の新幹線まで、京都の街を散策しようか」

「嬉しい！」

「よし、決まりだ」

「でもその前にしなきゃならないことがあるのを忘れてない？」

挑発するような朋子の口調が気になる。

「え、なんだっけ？」

「奥さんのこと」

「妻がどうした？」

「そんなに怖い顔をしないでよ。奥さんのことは忘れて、今夜はたっぷり楽しみましょ。そう言おうとしただけよ」

「なんだ、そういうことか」正直なところ、胸を撫でおろしていた。「望むところだ」

「じゃ、これから二回戦よ。今度はわたしが先攻なんだから」

朋子がいきなり俺の肉棒をしゃぶりはじめた。

3　8月13日23時30分　圭子《けいこ》

テレビのスポーツニュースでは昨日のオリンピック競技の結果が報道されていた。なんでも男子マラソンで優勝したのは、伏兵のウガンダの選手で、日本勢では中本健太郎《なかもとけんたろう》は六位入賞したものの、期待された藤原新《ふじわらあらた》は四十五位の惨敗だったらしい。

「マラソン選手って走ってるとき、なにを考えているんでしょうね？」

テレビ画面から私へ目を転じ、圭子が質問した。

「さあ、走り終わってからの楽しみでも考えながら、ひたすら耐えてるんじゃないの？」

「楽しいこと？」

「美味しいものをたらふく食べようとか、飽きるまでエッチしようとか」

そう言って圭子を抱き寄せ、頬に軽くキスをした。

「局長、本当にエロいですね」

「きみだって、私のそんなところが好きなんだろ？」

左手を圭子の膝に置き、少しずつ太腿のほうへずらしていく。ワンピースの裾に触れたところで、圭子が自らの手でバリケードを築いた。

「わたしは局長を尊敬しています。人として尊敬できない相手とはエッチなんてできません」

「ひと回りも年下の部下に手を出すような男を尊敬するのかい？」

「自虐的ですね。だって、局長はカリスマ編集者として有名ですから。うちとつきあいのなかった大物作家を次々に落として、ベストセラーを連発。課長から三年で文芸部長、部長から三年で編集局長に就任って、凄すぎます。四十歳で編集局長って、歴代で最も若い記録なんでしょ？」

「たまたま、ついていただけだよ」

「他社の編集者も局長のことを凄いって褒めていました。そんな偉い人とこうして親しくさせていただけるなんて、身に余る光栄です」

「あまり持ちあげないでくれよ。私のほうこそ、きみのような素敵な若い女性とおつきあいできて、感謝しているよ」

圭子の手をそっと払いのけ、左手をスカートの奥へと進めた。やがて指先が秘部に到達した。パンティストッキング越しにかすかな湿り気を感じる。ショーツの奥はすでに準備が整っているようだ。

右手を圭子の首に回し、唇を近づける。キスの際、圭子は唇を突き出す癖があった。そのようすは水面に口を出してぱくぱく呼吸しているのを河口などでよく見かけるボラにそっくりだった。

圭子の厚めの唇を割って舌をすべりこませ、相手の舌を探る。箱入り娘として大切に育てられてきた圭子は、恋愛に奥手であった。決して自分から舌を絡めてきたりはしない。こちらから優しく誘いだしてやらねばならない。

舌先でつんつんとつつくと、巣穴から出てくる臆病な動物を思わせる慎重さで、おそるおそる舌が伸びてきた。舌先をそっと触れあわせたあと、柔らかく吸う。それだけで圭子は十分に興奮したようだ。左手に感じる湿り気が一気に増した。

左手一本でパンティストッキングをずりおろし、ショーツをじかに触ってみる。失禁したのではないかと心配になるほど、クロッチの部分はしとどに濡れていた。

「もうびしょびしょじゃないか」

「恥ずかしい……」

圭子が私の胸に顔をうずめた。赤面したところを見られたくないのだろう。

「こんなに濡れてしまったら穿いていても意味ないから、脱ごうね」

耳元で囁くと、圭子はこっくり頷いた。ショーツを脱がせ、左手の人差し指を割れ目に沿って這わせてみる。粘ついた液が潤滑剤の役割を果たし、ぬるぬるの状態になっている。見当をつけてちょっと力を加えただけで、指先はするりとヴァギナの中に入っていった。

「は……はう……」

悶えているのに、圭子の身体は硬かった。ふた月前にはじめて関係を持ったとき、驚いたことに圭子は処女だった。そのときから数えて今日が四回目。圭子はまだセックスに慣れていないのだ。

「ベッドにいこう」

頭が小さく縦に動くのを確認してから、手をとってベッドへいざなう。

ベッドの端に並んで腰をおろし、再び口づけを交わす。ようやく圭子の緊張が解けてきたようだ。そのままゆっくりと上体を後ろに倒し、ふたりしてベッドの上に仰向けになった。

「電気、消して」

ホテルの照明は元々暗めだが、それでも圭子にとっては明るすぎたようだ。求めに応じて、室内灯を消す。ベッドサイドの読書灯くらいはそのままでいいかと放っておくと、圭子が自分で身を起こして消した。部屋は隣に横たわる恋人の顔もわからないほどの闇に包まれた。

三度《みたび》唇を重ねる。引っこみ思案な圭子の舌も少しだけ大胆になってきた。こちらの動きを舌先でまさぐり、同調して動くようになってきた。初対面のパートナー同士での社交ダンスのようにぎこちないが、それでも同じステップを踏もうとしていることは感じとれた。

圭子がディープキスに神経を集中させている間に、素早くワンピースとブラジャーをはぎとり、自分も裸になった。ペニスはまだ結合できる硬さにはなっていなかった。

右手で圭子の肌をそっと撫でる。触れるか触れないかというほんの軽いタッチで、円を描くように愛撫する。乳房のあたりからはじめて次第に下へおろしていき、秘部に触れそうになったらまた上へ戻す。ひと往復にたっぷり時間をかけ、とことんまで焦らす。

次第に目が暗闇に慣れてきた。圭子の頰が上気している。蠟細工のように白い肌もいつしかほんのり紅を差したように色づいていた。

乳首にキスをするのと同時に、クリトリスをちょんと弾く。すると圭子は「あはん」と大きな声を出し、勢いよくのけぞった。圭子の手をとり、ペニスを握らせる。

「しごいてくれる?」

圭子がおずおずと手を上下させる。

「もうすこし力を入れてくれたほうが嬉しいな」

握力が少し加わったが、まだ十分ではない。

「もっと強く」

「痛くないですか？」

「全然。強く締めつけたほうが気持ちいいんだ。握りつぶすつもりで思いっきりやってごらん」

言われるがまま、圭子が力をこめた。

「あ、大きくなってきた」

「だろ？　今度はしごくスピードをあげて」

「こんな感じですか」

「いいよ、とっても上手だ」

ペニスに血液が流れこみ、ようやく体勢が整った。手際よくコンドームを装着する。

圭子の両足首を持って広げ、その間に身体を差しはさむ。

「行くよ」

「はい」

消え入るような声で同意するのを聞き、ペニスをヴァギナにそろそろと挿入する。最初に貫いたとき、圭子があまりに痛がるので、慌てて引き抜いたのを思いだす。血に染まったペニスを目にしてはじめて、それが圭子の初体験だと気づいたのだった。そのときの記憶が鮮明に残っており、いまでも一気に奥まで差しこむのがためらわれるのだった。

「はうーん」

万事に控え目な圭子だが、鳴き声だけは人一倍大きい。そのギャップがまたたまらなく愛しいのだった。

圭子は開脚姿勢を長く保つのが得意ではない。ペニスを挿入したまま、腕立て伏せのような格好で静止し、その間に足を閉じさせる。伸長位という体位だ。お互い足を伸ばした状態だと結合が浅くなるのが難点だが、圭子が股を閉じている分、ペニスはしっかり締めつけられるので、これはこれで気持ちがいい。また、肌と肌の密着度が増すのも快感アップにつながった。

腰を動かすと、圭子が「はうん、はうん」と淫らに鳴く。開発途上の圭子の身体が、回数を重ねるごとに敏感になっていく。この子だけは他の誰にも渡したくないと強く思った。

浅く浅く深く、浅く浅く深く。リズムを刻みながら腰を振る。そのたびに圭子が、「はうはうはうーん、はうはうはうーん」と鳴く。

「気持ちいいかい?」

「はい……はうはうーん」

「ぼちぼち発射してもいい?」

「は……い……はうはうーん」

いつもはぼちぼち射精に入るところだが、今日はもう少しだけいじめてやろう。腰を動かしながら上体を立て、圭子の上にまたがった。ちょうど騎乗位の男と女のポジションが入れ替わった格好だ。この体位だと、伸長位よりも深く激しく突くことができる。圭子にもそろそろ激しいセックスを教えてやるべきだろう。

ぼちぼちフィニッシュだと信じきっていた圭子は、いきなり私の腰の動きが激しくなったことに目を丸くしていた。

深く深く深く深く、深く深く深く深く深く。高速で腰を動かす。圭子は「あうあうあうあう、あうあうあうあう」と応じていたが、途中から目の焦点が合わなくなり、反射的に声を出すだけになった。あまりの気持ちよさに、絶頂を迎えてしまったようだ。白目を向いてうわ言を漏らす圭子を見て、私もついに我慢できなくなった。

「おおおおっ、行くぞ！」

宣言すると同時にコンドームの中へ射精した。大量のザーメンが尿道を通り抜けるときのあまりの快感で、しばし頭の中が真っ白になる。われに返って股の下の圭子を見おろすと、いまもぴくぴくと痙攣している。激しいセックスは初心者には刺激が強すぎたようだ。

コンドームを外し、ティッシュでペニスをきれいに拭く。さらに新たなティッシュでヴァギナの周りを丁寧に拭ってやっていると、ようやく圭子が正気をとり戻した。

「わたし、死ぬかと思いました」

「そんなに感じてくれてありがとう。きっと相性がいいんだな。私もいつも以上に頑張ってしまったよ」

圭子の隣に横になり、腕枕をする。圭子は顔をこちらへ向けて、「離れたくない」と言いながら抱きついてきた。

「私だって、きみを放すもんか」

「でも、局長にとっては遊びなんでしょ。わかってます」

「そんなことはないよ。この世で一番きみが好きだ」

「男の人って、すぐにそんな嘘をつくんですよね。知ってますか。文芸部長も浮気してるんですよ」

「なに？　しかし、彼には別嬪の奥さんがいるだろう」

「間違いありません。だって、相手はわたしの同期ですから」

「誰？」

圭子が私の耳に口を寄せ、ある名前を呟いた。

「彼女か。まあ、彼女ならわからなくもないが」

「もしかして、局長もあの娘《こ》と寝たんですか？」

「おいおい、私はそこまで見境なくはないよ。きみだけだって言っているだろう」

「局長だって妻帯者じゃないですか。文芸部長のことは言えないと思います」

圭子の声には強い不信感がこめられていた。

「別れるよ」

「えっ？」

「妻とは別れる。夫婦関係はもうとうに冷めているからね。すでに離婚の協議を進めていて、おおむね合意はできている。慰謝料の折り合いさえつけば、私も晴れて独身だ」

「本当なんですね。そうしたらわたしも肩身の狭い思いをしなくてすみます」

「お願いがある」ベッドの上で正座し、おもむろに頭をさげた。「私と結婚してもらえないだろうか。きみよりひと回りも上で、バツイチの男だが、心からきみを愛している。頼む」

圭子は目を丸くすると、慌てて同じように正座した。

「信じられません。本当のことを教えてください。局長はわたしのことが好きで結婚したいのではなく、結婚によってわたしの父とのパイプを盤石にしたいだけではないのですか」

すっかり見抜かれていた。圭子の父親はなにを隠そう、私の勤務する出版社のオーナー社長だった。社長は妻を十五年前に亡くし、以来、男手ひとつでひとりっ子の圭子を育てあげた。つまり、圭子と結婚することは、次期社長への道につながるのだ。世間知らずのお嬢さまを誘惑し、籠絡《ろうらく》したのは、そのためだった。もちろんそんな下心を悟られるわけにはいかない。

「なにを疑っているんだ。きみが好きだからに決まっているじゃないか。こういうのもなんだが、私は編集局長だ。いまさら出世しようなんてこれっぽっちも思ってないよ」

圭子の身体を引き寄せ、ハグする。圭子はいとも簡単に陥落した。

「信じていいんですね。嬉しい。局長のお嫁さんになれるなんて、夢みたいです。父もきっと賛成してくれるはずです。いや、賛成させます」

ワンマンで知られた厳しい社長だが、ひとり娘にだけは甘かった。圭子が結婚したいと言えば、反対などするまい。

「とりあえず、離婚を先にすませないとな。そのうえで、一緒にご挨拶にいこう」

「ありがとうございます。すると、わたしも局長の苗字に変わるんですね。生まれてからずっとヘンテコな苗字で嫌だったんです。初対面でちゃんと読んでくれる人が少なくて、学校の先生もよく『もも』って誤読してました」

「そうかもしれないね」

相槌を打ちながらも私は心の中で別のことを考えていた。日本人の姓でベスト五には確実に入る私の苗字はいまの立場には相応かもしれないが、あまりにも平凡だった。どうせなら養子入りして、相手方の姓を名乗りたいくらいだ。社長を継ぐならば、そうすべきであろう。

ついでに、つまらないファーストネームのほうも改名してしまおうか。候補ならばある。いかにも大立者っぽい仰々しい名前だが、社長たるものそれくらい立派な名前のほうが覚えもいいに違いあるまい。

「ねえ、結婚したらいろいろ教えてくれるでしょう?」

圭子が唇をとがらせ、キスを迫ってくる。私は柔らかい唇の感触を存分に楽しんだあと、圭子の目を見て言った。

「いまからでも、いろいろ教えてあげるよ。じゃあ、これから後背位の勉強をしようか」

4

【井海から読者への挑戦状】

主人公の男の現在のフルネームを漢字で答えてください。また、最終的にどういう姓名になりたがっているのかも併せてお答えください。

第四章「増田米尊、気勢をあげる」の巻

1

学会二日目の夜は懇親会が用意されていた。日本中から集まった研究者たちと旧交を温めたり、研究内容について忌憚のない意見を交わしたりするチャンスである。口頭発表も終え、本来ならば寛いだ気持ちで臨めるはずだったのに、増田米尊はすっかり落ちこんでいた。

いっそ懇親会は欠席しようかとも考えたが、会費四千円は学会申しこみ時にすでに振りこんでおり、キャンセルはきかなかった。せめて食費分くらいはとり返さねば丸損である。増田はなるべく目立たないよう、立食パーティー会場の隅っこで、紙皿にとり分けた料理を黙々と口に運んでいた。

いつにも増して、視線が痛く感じられた。パーティーの出席者たちは会場のあちらこちらに三三五五集まっては、和やかに談笑している。誰もが会話に夢中で、増田と目を合わせる者など

ひとりとしていない。それにもかかわらず、ひととおり会話を終えて次の相手を探そうとする者が会場全体を見渡す一瞬、あるいはトイレに立った者が早足に出口へ向かう通りすがりの一瞬、また人気の寿司カウンターの前に順番待ちで並んでいる者が手持ちぶさたに顔をあげる一瞬、壁際に陣どる増田と視線がぶつかるのだ。増田はそのたびに俯いていた。

「増田さん、お久しぶり。どうしたの、こんな隅っこで」

最後に残した海老フライを食べ、ひっそり会場を立ち去ろうとする増田に声をかけた者がいた。振りかえらずとも、声だけでわかった。東京にある帝都《ていと》理科大の教授、楠城《くすき》一太郎《いちたろう》である。増田よりも五歳年長で、数理論理学の大家である。ぼさぼさの白髪と度の強そうな眼鏡というかにも我の強そうな風貌そのままに、たいへん我の強い研究者だった。楠城は増田の変態フィールドワークを評価してくれる数少ない同業者であり、理解者でもあった。今晩は誰とも口を利きたくない気分だったが、相手が楠城とあっては、増田も無礼はできなかった。

「楠城さん、ご無沙汰しています。研究のほうはいかがですか?」

「たいした進展はないけど、明日の午前中発表するから、よかったら聞いてくれ」

「もちろん、うかがいます」

「ところで増田さん、ちょっと見ないうちに印象が変わったね」

「え、そうですか?」

「垢抜けたというか、男ぶりがよくなったというか」

「冗談はやめてください」

「本当だよ。いまも向こうでみなとそんな話になっていたんだ」

楠城が視線を投げかけた先に目をやると、顔なじみの研究者が四、五人、こちらを見てくすくす笑っていた。やはり笑い者になっているではないか。増田の胃のあたりが一層重くなる。

返事に困って黙っていると、楠城が悪だくみでも持ちかけるような顔で言った。

「しかし、きみの今日の発表は愉快だったね」

できることなら触れたくない話題だった。

「お恥ずかしい限りで……」

受け答えに窮する増田には目もくれず、楠城が続ける。

「これまでもきみの研究はユニークなものが多く、ぼくはずっと関心をもってきた。いつだったかの『女子高生のスカートの長さと非行率には相関があるのか』という論文、あれは秀逸だったね。いまでもうちの学生には是非読んでおくように勧めている」

「恐縮です。多重ロジスティック回帰分析を使って見事に結果が出たときには、しめたと思いました」

「そうだったな」楠城がポケットからデジタルビデオカメラをとり出す。「今回の発表にも期待を寄せていたので、スライドは全部撮影させてもらったよ。でも、まさか当日になって発表内容を変更するとはねえ。意表を衝かれたよ」

増田も「私もです」と答えたいところだったが、そうもいかず、ただ愛想笑いを返すしかない。

「しかし、ユニークな発表だったね。多くの参加者は、きみがいきなり官能小説家に転身したのかと目を白黒させていたが、ぼくにはきみの意図がよくわかったよ」

「はい？」

思いがけない楠城のことばに、増田は対応に困るばかりだった。

「エロ小説のように見せかけて実はパズルになっているなんて、よく考えたものじゃないか」

増田は前夜ベッドに入る前に、持参したノートパソコンを開いて確認した。そのときにはちゃんと増田が作成したプレゼン用資料が納まっていたのだ。それなのにいざ発表の際にスクリーンに投影してみると、「出世作」に代わっていたのだ。

昨夜は札幌のビジネスホテルのシングルルームに宿泊した。今朝起きてからもノートパソコンはずっと増田の手元にあった。誰も触ることなどできるはずはない。それなのに、資料の中身が入れ替わっていた。

まったく不可能な状況だった。

本音を言えば、頭の片隅ではこういう事態が起こるのではないか、と薄々想定していた気もする。それでも衝撃は大きかった。演台に立っていたときには頭が空白になってしまい、「出世作」というタイトルをかろうじて認識したあとはなにひとつ覚えていなかった。

口頭発表が終了したあと、学会が開かれている会場の片隅で、増田はノートパソコンの中のファイルを改めて確認してみた。「出世作」は井海降人というペンネームの作者による小説だった。きっとこの小説も、「処女作」や「問題作」と同じくミステリーなのだろう。そう思いながら読みはじめた増田は戸惑いを隠せなかった。どう読んでも官能小説だったからだ。この文章がスクリーンに映し出され、多くの参加者の目に触れたかと思い、遅ればせながら赤面した。

犯人の正体はわからないが、新たな嫌がらせの方法を繰り出してきたようだ。ところが最後の最後にきて、増田は再び困惑した。「問題作」と同様に〈挑戦状〉が挟まれていたからだ。これも都筑の言うところのバカミスのひとつなのだろうか。官能小説に見せかけたバカミスという趣向か？

それにしてはよく意味がわからない設問である。増田には「出世作」がミステリーとして解けるようには思えなかった。

しかし数理論理学の世界ではその名の通った楠城が、この小説はパズルになっているという。増田の胸中で好奇心が芽生えた。

「私から質問させていただきます」自分は答えを知っていると言わんばかりの口調で増田が言う。「『出世作』は主人公の名前を当てよという趣向になっていますが、この小説には、第一章にはもうじき課長に昇格する男、第二章では部長、第三章では局長、それぞれ別の男性が登場します。そのうち誰の名前を当てればよいのでしょう？」

「そうそう、最初は問題の意味がわからなかったんだが、いわゆる叙述トリックというやつだと気づいた。つまり、三人の男性は同一人物なんだね」

「えっ？　いや、失礼。どこで気づかれました？」

楠城はビデオカメラを再生モードにして、該当の場面をモニター画面に映し出しながら、「オリンピックだよ。第三章では、その前日に男子マラソンがおこなわれたという設定になっている。男子マラソンというのは陸上競技の最後の種目で、通常閉会式の前におこなわれる。野球やサッカーが男子マラソンより後におこなわれるのは不自然ではないか。そこが気になった」

スポーツには疎い増田には思いもよらない視点だ。

「さすがですね。それで？」

「実際の日本選手の名前が出ているからね。その名で検索をかけると、しかけがわかった。第一章はアテネオリンピック、つまり二〇〇四年の八月十三日――現地時間では十二日、第二章は北京オリンピック、つまり二〇〇八年の八月十三日、第三章はロンドンオリンピック、つまり二〇一二年の八月十二日の描写だったんだね。それぞれの日に、たしかにその競技がおこなわれていたことを確認したよ。大久保って二〇一四年のワールドカップブラジル大会にも出ていたから、第一章の舞台がそんなに昔だとは気づかなかった。第三章に、課長から三年で文芸部長、部長から三年で編集局長になった、という記述がある。これと照合すれば、三人の主人公が同じ人物だとわかる」

同じ一日と思わせておいて、各章の間には四年ずつ間隔が空いていたわけか。楠城の説明を受け、増田はようやく井海の企みを理解できた。

「しかし、第一章でも第二章でも、部長の妻は展子、不倫相手は朋子という名前ですよね。これは偶然なんでしょうか?」

楠城は増田のことばを勝手に深読みし、「作者としては、すべてのしかけに気づいてほしいわけだね。もちろん偶然ではない。第一章の記述によると、部長はトモコと浮気をしており、妻の展子とは別れたいと望んでいた。その展子は主人公と浮気をしている。要するに部長夫婦はどちらも不倫していたわけだ。展子は避妊具なしで性行為に及んでいる。その結果子どもができたんじゃないかな。遊びのつもりだった主人公も責任をとらねばならなくなり、部長と離婚した展子と結婚した。そういうことだろう?」

「さすが、読みが深いですね」

「第一章に出てくる主人公の上司、つまり展子の夫である部長の浮気相手のトモコと、第二章で展子と結婚し、部長に昇格した主人公の浮気相手である朋子は別の女性だね。第一章ではカタカナ、第二章では漢字で表記してあるのは、フェアな記述を心がけようとしたからだろう。この会社では、文芸部長はお盆の時期に京都の著者にあいさつ回りにいくのが恒例になっている。その際に、先代の部長も主人公もたまたまトモコという同じ音の名前の女と浮気した。これも第一章と第二章が同じ八月十三日だと見せかけるためのしかけだね」

増田は感心するばかりだった。楠城の分析が続く。

「第二章で主人公が朋子に、『本当に奥さんとはセックスレスなの？』と訊かれ、『嘘なんかつくものか。どうせあいつも今頃別の男に抱かれているんじゃないかな』と返す場面がある。この時点で主人公は展子に飽きているんだな。浮気性の主人公はいろいろな女に手をつけ、四年後についに圭子というオーナー社長の娘の心をつかむのに成功する。それが描かれたのが第三章だ。この時点では、展子との間で離婚の協議が進められている。主人公はこのあとたぶん圭子と結婚し、ゆくゆくは社長の椅子を手に入れるのだろう。どうだい、ぼくの読みは正しいかね」

「ええ、きっとそうです」

「きっと？」

「いえ、そのとおりだと思います」

「なんだよ、作者のくせにはっきりしないなあ。そうか、まだ〈挑戦状〉に答えていないからことばを濁しているわけだな？」

「もしかして、わかったんですか？」

「ああ、わかった。主人公の名前はスズキセイゴだろう。スズキはベルの鈴にツリーの木。セイゴのほうの漢字はわからないが、清い吾《われ》でどうだ？」

「どうしてそれがわかるんです？」

増田はただ感心して質問したに過ぎなかったが、それを楠城はちゃんと推理の筋道を示せという要求だととらえたようだった。

「下のセイゴという名前は第一章に出てくるから、考えるまでもない。どうやらセイゴはこの名前を嫌っているようだ。その理由は下っ端ぽい名前だから。第二章でセイゴは妻の展子からフッコと呼ばれている。セイゴはこの呼称も気に入らないようで、バカにされたと感じている。決定的なのは第三章の『日本人の姓でベスト五には確実に入る私の苗字はいまの立場には相応かもしれないが、あまりにも平凡だった』という記述だ。セイゴ、フッコと来れば、次はスズキに決まっている」

楠城の説明は唐突過ぎて、増田には理解が及ばなかった。

「論理が飛躍しています」

「飛躍もなにも、出世魚がテーマなんだろう、この小説は。だからタイトルも『出世作』。主人公が出世するたびに名前を変えるという趣向とはね。鱸《すずき》はセイゴ、フッコ、スズキと来て、最後はオオタロウになる。立派な名前じゃないか。漢字ならば大きな太郎かな」

(出世魚だと?)

増田は呆れてことばが出なかった。楠城は気にせずひとりでしゃべり続けている。

「パートナーの女のほうにも出世魚が隠れているわけだな。第一章の展子はオボコ娘、第二章の朋子はイナセな女と称されている。鯔背《いなせ》というのはボラの若魚のイナから派生したことば。第三章の圭子にいたってはそのまんまボラのようだと書かれている。女のほうは鯔《ぼら》だったんだな。オボコ、イナ、ボラとくれば、鯔《とど》のつまりのトドで打ち止めだ。社長令嬢の苗字は『もも』と誤読されたというから、漢字に直せば百々なんだろう。鈴木清吾は婿養子に入り、百々大太郎と改名したがっている。これがファイナルアンサーだ。どうだ、当たっているだろう？」

「せ、正解です」

膝から崩れ落ちそうになりながら、増田はかろうじて言った。

「増田さん、要するにこれはバカミスってやつだろう？　官能小説に擬態したバカミスと言えばいいのかな。ヘンテコな趣向だが、楽しませてもらったよ。来年もまた面白い発表を頼む」

楠城は笑いながら増田の肩を叩くと、中央付近にたむろする研究者のグループのほうへ歩いていく。増田はその後ろ姿をぼんやり見送った。

2

相変わらず会場の隅っこで、増田はひとり思索にふけっていた。

「出世作」もまたバカミスだったことが、楠城の分析によって判明した。ということは、おそらく「処女作」「問題作」と同じ人間が書いたのだろう。

今回は、井海降人というペンネームが使われている。〈いかいふると〉と読むのだろうか。阿久井一人、伊東飛雁、井海降人……ペンネームを並べても、作者本人の姿は見えてこない。いったい誰が執拗なまでの嫌がらせをしかけてきているのか。増田の混迷は深まるばかりだった。

増田のノートパソコンを触るチャンスは昨夜のうちしかなかった。しかし、綾鹿科学大学から今回の学会に参加しているのは増田だけだったので、研究室の五人の学生には無理だと思われる。

それ以前の問題として、就寝中の増田の部屋に忍びこんだ者がいたとは考えられない。格安のビジネスホテルとはいえ、客室はオートロックだし、用心のためにドアチェーンもかけていたのだ。ロックはマスターキーで解錠できるかもしれないが、起床したときにチェーンはかかったままだった。誰も侵入したはずなどない。

だとすると考えられるのは、増田の作成した資料がひとりでに「出世作」に変容した可能性だ。いや、変容ではない。変容ということばは、内面が変化することで外観まで変わってしまうというニュアンスがある。つまり、変化前の状態と変化後の状態には連続性がある。しかし今回の場合、変化前の資料と変化後の小説に連続性など認められない。両者の間には断絶があり、まったくの別物に変わってしまっている。

（これは変態なのではないか！）

そう思いついた瞬間、頭蓋に冷たく澄んだピアノの音が響き渡った。松下真一の『ピアノのためのスペクトル第四番』だ。数学者であり作曲家でもあった松下真一が一九七一年にハンブルグで作ったこの曲の楽譜には、シュレディンガーの波動方程式やアインシュタインの宇宙方程式が書きこまれ、音符の代わりに白鍵、黒鍵を示す白と黒の長方形や切りとられた小窓が出現する。演奏者が自らのインスピレーションに頼って弾くことを求められる曲である。増田は脳内にその特異な楽譜を思い起こし、自由な解釈でピアノを演奏していた。これはまさしく、増田の脳が活性化している証拠であった。いわゆる脳勃起状態に入ったのだ。

増田は真相をつかんだ気がした。一見、ありそうにないことでも、他の可能性がすべて排除されたのちに残ったものこそが真実なのだ。

変態フィールドワーカーとして鳴らした増田米尊の手で作成されただけに、資料もまた変態するに違いない。最初は「処女作」に、次は「問題作」に、そして今回は「出世作」に変態した。こう考えれば、これまでの現象がすべて腑に落ちる。

犯人は学生ではなかったのだ。あえて犯人を探すなら、それは増田自身であった。それが愉快でしかたなく、思わず口から含み笑いが漏れる。

自分には小説を書く才能などない、と増田は自覚している。しかし、書いたものが勝手に小説に変わってくれるのであれば、いくらでも小説が書けるではないか。できあがるものが下ネタ満載のバカミスばかりであるのはどうかと思うが、増田の深層心理を投影した結果であると考えれば納得できないわけではない。

いや、むしろ納得できると言うべきであろう。

次は、どのようなバカミスを書いてやろうか。タイトルだけは次々と浮かんでくる。「代表作」はどうだ。あるいは「自信作」でもいい。「大傑作」や「超大作」も捨てがたい。「次回作」、「注目作」、「期待作」。さらに「二期作」、「田吾作」、「島耕作」。いや、「島耕作」はやめておこう。

しがない数学研究者から、作家へと華麗な転身ができるのではないか。いや、転身ではなく、変態だ。日の当らない地味で孤独で変態な数学者から、スポットライトの当たるきらびやかで人気者で変態な作家へと変態するのだ！

「変態、バンザイ！」

パーティー会場の片隅で、増田がひとり　気勢をあげた。

と、やにわに視界が紗《しゃ》で覆われ、足元がふらついた。次の瞬間、変態数学者は床に倒れこんでいた。その顔には長年の夢が実現したかのような満足そうな笑顔が浮かんでいた。

3

目を覚ますと、病院のベッドの上だった。点滴のチューブが腕につながれている。上体を起こしてきょろきょろする増田の姿を見つけたふくよかな体つきの女性看護師が急ぎ足でやってくる。気のせいか、ベッドが少し揺れた気がした。

「増田さん、お目覚めになったようですね」

「ええ」勢いよくうなずくと頭が疼く。「私、どうしたのでしょう?」

看護師は心配そうに顔をしかめ、「パーティー会場で倒れたのは覚えていますか?」

「そうでした。とてもハイな気分になって、なにか叫んだ覚えがあります。すると頭から血の気が引いて……そこまでは覚えていますが、そのあと倒れてしまったんですね?」

「呼びかけても意識がなかったそうですよ。だから、救急車でこの病院に運ばれてきたの」

「いま、何時ですか?」

「午後十時少し前です」

懇親会がはじまったのは、午後七時だった。飲食や楠城との会話に一時間程度は費やしていたはずなので、倒れたのは午後八時頃か。それから二時間近くも眠りこけていた計算になる。

ここで改めて自分の身体を眺めた増田は、服装が替わっていることにはじめて気づいた。パーティー会場では、かりゆしウェアにチノパンというクールビズ・ファッションで臨んでいた。上はいまもゴーヤ柄の開襟シャツのままだったが、下はいつのまにかパジャマになっている。妙にスースーすると思い、ズボンの中に手を入れてみると、トランクスが脱がされている。

「あのぉ……」

理由を尋ねようとすると、看護師は慌てたように「先生を呼びましょうね」と言い、胴まわりの脂肪を揺らしながら内線電話の場所まで移動して、受話器をとりあげた。

「あ、芳賀《はが》先生、患者の増田さんが目を覚まされました」

数分後、白衣を着た長身の医師が病室に現れた。

「芳賀です。増田米尊さん、ご加減はいかがですか?」

「頭が重い気がしますが、それ以外は特に……私はいったいどうしたのでしょう?」

「貧血ですね」

「貧血？」

思わず鸚鵡《おうむ》返しに答えてしまう。増田はこれまで貧血で倒れたことなど一度もなかった。虚弱な女子学生でもあるまいに。

「疲れが溜まっていたのでしょうか？」

自覚があったのは、肉体的な疲れよりも精神的な疲れだった。視線を感じるようになってから、不安に苛まれていた。それに加えて、作成した文書が小説に代わってしまうという不可解な現象が続き、かなり神経過敏になっていた。精神的な疲労が肉体にもダメージを与えていたのであろう。増田はそのように自己分析した。

「それもあります」

「他にも原因があるのですか？」

訝るような表情で問うと、芳賀医師は咳払いをした。

「失礼ながらズボンをとり替えさせていただきました」

「はい、さっき気がつきました。もしかして、私、失禁してしまいましたか？」

「ええ、まあ、大のほうを少々」

「えっ、脱糞したんですか！」叫んでから急に恥ずかしくなり、増田は声のヴォリュームをおとした。「すみません。みっともない恰好をさらしてしまったようで……」

「それはかまわないんです。昏倒の際の失禁はときどきあることですから」

「お恥ずかしい限りです。それで、他の原因とはなんでしょう？」

「便と一緒にカイチュウが見つかりました」

「カイチュウって、寄生虫の一種の？」

増田の顔がみるみる青白くなっていく。

「大丈夫ですか？　また気分が悪くなりましたか？」

「平気です。ちょっとショックを受けただけです。カイチュウって、何メートルもある長いヤツでしたっけ？」

訊きながら増田は自分の体内にきしめんのような恰好をした長大な寄生虫が棲みついているさまを想像して、ぞっとした。意識を失っている間に、そいつが肛門から頭を覗かせていたのだろうか……おぞましい。

「それはサナダムシでしょう。カイチュウはそんなに大きくはありません。三十センチかそこらのミミズのような形をした寄生虫です。あなたの貧血は、おそらくこのカイチュウのせいでしょう」

三十センチのミミズ……それでも十分に気色悪いではないか。

「便と一緒に見つかったとおっしゃいましたよね。では、もう私の体内にはいないのでしょうか？」

すがるような気持ちで質問した増田に、医師は無情に頭《かぶり》を振った。

「残念ですが、貧血を起こすほど栄養分を吸いとられているのであれば、カイチュウが一匹とは考えづらい。おそらく体内にはまだいるはずです」

医師のことばを聞いたとたん、増田は腹のあたりに痛みを覚えた。

「治るんでしょうか?」

「心配は不要です」芳賀は口角をあげて作り笑いを浮かべると、「ヒトカイチュウは日本ではほとんど見なくなりましたが、世界ではいまでも十四億人、およそ五人にひとりが感染していると言われています。パモ酸ピランテルという特効薬がありますから、それを呑むだけですっきりしますよ」

世界中にそれほど多くの感染者がいると知り、とりあえずほっとしたものの、増田はまだ合点がいかなかった。

「日本ではほとんどいなくなったのに、どうして私は寄生されたのでしょう」

「増田さんは、野菜が好きですか?」

「はい。この年になると、肉よりも野菜のほうがありがたいと感じるようになりましたが、それがなにか?」

「カイチュウの卵は大便と一緒に排出されます。かつて人糞を野菜の肥料として利用していた時代には、野菜に付着した卵が口から入り、体内で孵化していたわけです。戦後、日本では化学肥料を使うようになって、カイチュウは激減しました。しかし、海外ではいまも人糞の肥料を使っている地域がたくさんあります。それらの国から輸入した野菜に卵がついており、しかもそれを火も通さずに食べたりした場合、寄生される危険があります」

増田はサラダが好物だったが、医師の話を聞いて今後は煮物にして食べようと決心した。

「この点滴が、そのなんたらいう薬なんですか？」

「これはただのブドウ糖。栄養補給です。薬は明日の朝、帰られるときに処方箋をお渡しします。今夜はぐっすりお休みください」

芳賀はそう告げると、病室をあとにした。大柄な看護師も「もしなにかあったら、ナースコールでお呼びください」と言い残して去っていった。

（寄生虫かよ……）

小学生の頃、大便をマッチ箱に入れて小学校へ持っていったことを思い出す。昔の検便はなんともワイルドだったものだ。肛門にシール状のフィルムを張りつける検査もあった。あれはギョウチュウ検査だったか……。

遠い昔の懐かしくも恥ずかしい記憶を探るうちに、増田は深い眠りに落ちていった。

4

翌朝、処方箋をもらって病院を出た増田は、学会の会場には戻らず、そのまま綾鹿へ帰ることにした。ただでさえ、「出世作」で恥をさらしていたのに、懇親会の会場で失禁したとなれば、参加している研究者に合わせる顔がなかったのだ。ホテルに寄って清算を済ませ、そそくさと新千歳空港へと向かった。

予定より一日早く綾鹿に戻ってくると、調剤薬局へいき、駆虫薬を処方してもらった。処方箋を手渡す際に、受付の若い女性事務員から目配せされたように感じた。病状を見透かされているようでいたたまれなくなった増田は、薬が用意されるのをじっと顔を伏せて待った。

名前を呼ばれたのでうつむいたままカウンターに向かうと、年輩の男の薬剤師が念のためと言いながら副作用の可能性を妙にくどくどと説明してから、ようやく薬の入った紙袋を渡してくれた。

薬局を出た増田は自動販売機でペットボトル入りの飲料水を買うと、さっそく駆虫薬を呑み下し、ようやく人心地がついた気になった。丸々空いた一日をどう活用しようかと考えた末、増田が選んだのは図書館に出向いて、寄生虫について調べるという過ごし方だった。

夏休みの図書館は机で受験勉強をしている高校生や、友達と一緒に遊びにきている小学生、ただ涼みにきているだけのような高齢者などで意外と混んでいた。増田は医学書の棚にいくと、寄生虫関係の本を二冊抜きとった。一冊は寄生虫による感染症について解説した医学書、もう一冊は寄生虫感染症の症例を写真で紹介した本である。持ち重りのする二冊をなんとか見つけた空席まで運ぶと、まずは医学書の回虫症のページを開き、おもむろに読みはじめたのだった。

読み進むにしたがって、増田の顔は青ざめ、額から冷たい汗が滲み出てきた。回虫症は増田が想像していた以上に深刻だということがわかってきたのだ。

カイチュウは小腸に棲みつき、通常は人が吸収した栄養分の一部を横どりするだけだ。それだけであればたいした害は及ぼさないが、多数のカイチュウが寄生すると、それが出す毒素により、吐き気やめまい、腹痛、頭痛などのさまざまな症状を引き起こす。さらに数が多い場合には腸閉塞の原因になることもあるらしい。

増田は昨夜から軽い頭痛が続いていた。もしかしたら、自分の体内にはけっこうたくさんのカイチュウが寄生しているのではないだろうか。

カイチュウは鋭い頭をもっており、組織に孔を開け、小腸から別の器官に迷入することもある。胆管や虫垂に迷入し、激しい腹痛を起こす場合もある。まれに脳へ迷入し、てんかん発作を惹起することとさえあるのだという。

カイチュウが脳へ侵入する。想像もしたくない事態だった。いま読んだ記述をすべて忘れてしまいたい。増田は大いに後悔したが、意志に反して目は次の記述に引き寄せられていく。

芳賀医師が言っていたように、カイチュウの寄生はほとんどの場合、野菜と一緒に卵が体内に入ることからはじまる。小腸で孵化した一ミリに満たない大きさの幼虫は、肝臓を経由して肺にたどり着き、さらに気管支を這い上ってくるのだという。それが再び食道から胃を通って小腸に落ち着き、数か月かけて成虫になる。回虫という名前は、身体の中をぐるりとまわる生活史に由来しているらしい。三十センチほどにまで大きくなったメスの成虫は一日に二十万個の卵を産みながら、一年から二年も生き続ける。

現に小腸に棲みついている以上、一度は自分の身体の中をカイチュウの幼虫が這いずり回ったのだ。それを考えるだけで、鳥肌が立つ。小腸に帰らず、変な場所に居ついたカイチュウがいるのではないだろうか。脳が勝手に嫌な想像をしてしまう。

ここでストップしておくべきだった。ところがこのとき、増田はなにか得体のしれない力に背中を押されたのであろう。気がつくと、写真集のほうも開いていたのである。

おぞましいということばでは表現できない衝撃的な写真が並んでいた。

ある患者が口から吐き出したカイチュウの写真があった。赤みのある生白いミミズのような蟲《むし》が写っている。栄養状態がよいのか、つやつやと太っているのが癪に障る。

腸閉塞で死亡した患者を開腹して撮影した写真では、何百匹ものカイチュウが絡まり合いもつれ合っていた。

陰嚢が西瓜ほどの大きさにふくらんだ男性の写真があった。パンクロフト糸状虫に寄生された象皮病の患者だった。

胃壁にがっつり食いこんだ半透明のやせほそったウジのような蟲はアニサキス。サバの刺身を食べて感染した人の内視鏡写真だそうだ。

和装の女性が白く細い帯を何重にも巻きつけた奇妙な写真が現れた。女性が巻きつけているのはサナダムシ。体長十メートル以上にもなるという桁はずれの大きさだ。

そしてなによりも生理的な嫌悪感を覚えたのは、ひとりの黒人が足の親指の付け根の近くから生えた細長い紐を引っ張っている写真だった。紐の正体はギニアワームという一メートルにもなる寄生虫だそうだ。体内を移動し、足の皮膚の下に移動してきた蟲を慎重に引きずり出している場面なのだという。

心臓の鼓動が速くなる。

本を閉じて目をつぶっても、異形の蟲たちがうねうねと蠢《うごめ》くようすが瞼の裏から消えない。むかむかしたのでトイレに駆けこみ吐き戻そうとしたが、空えずきしか出ず、粘ついた唾液が垂れるばかりだった。

気持ちはちっとも晴れない。

図書館から出ても、増田の頭は寄生虫のことで占められていた。体内に巣くうカイチュウを本当に駆除できるのだろうか。生き残ったカイチュウが腸の壁を突き破り、別の器官に入ってしまったらどうしよう。すさまじい痛みに襲われるに違いない。

不安がよぎる。

一匹のメスが毎日毎日二十万個の卵を産んでいるのだ。卵は便とともに排出され、そのまま体内で孵化することはない。医学書にはそう書いてあったが、信じてよいのだろうか。それだけの気の遠くなるような数の卵が産み落とされるのならば、中には途中で孵化してしまうやつもいるのではないか。

いまも長さ一、二ミリの小さなカイチュウが増田の体内をわがもの顔でめぐりまわっているのではないか……。

増田は絶望的な気分になった。

5

翌日から増田は微熱に悩まされはじめた。

内科の病院に助けを求めても、医師からは蓄積した疲労によるストレスが原因と告げられただけだった。駆虫薬を呑んでから一週間後、念のために検便をおこなったところ、カイチュウの卵は見つからなかった。

ちゃんと駆除できていると医師から太鼓判を押してもらっても、薬の届かないところに入りこんだ幼虫がひそかに生き延びているのではないか、そしてやがては脳に忍びこもうとしているのではないかという妄想が去らなかった。

このままでは生活に支障をきたすと考えた増田は、心療内科にかかることにした。その結果、増田は強迫性障害と診断された。寄生虫に全身を蝕《むしば》まれているという強い思いこみが、心身に変調をもたらしているとの見立てだった。曲がりなりにも科学者である増田にとって、医師の所見は首肯できるものだ。

しかしながら、原因がわかったからといって、症状が緩和するわけではなかった。むしろ増田の不安は日を追うごとに徐々に大きくなるのだった。

処方してもらった精神安定剤を服用すると、不安が少し軽減された。もう寄生虫はいないと繰り返し自分に言い聞かせ、精神のバランスをとり戻した。学部生の長い夏休みが終わり、後期の講義がはじまる頃には、増田の体調もかなり回復していた。

学会から戻ってからというもの、塞ぎこんで口数が少なくなった指導教官に、学生たちはさまざまな反応を示した。

最年長の岩谷薫はほとんど動じていなかった。他人は他人、自分は自分。最初からそういうポリシーを貫いていたので、増田の体調がどうであろうが、黙々とわが道を進んでいた。それでも立場が上の准教授に対する礼儀を失することはない。如才なく気遣いの声をかけるところなどは、さすが年長者であった。

反対に岡本勉はおろおろしていた。増田の一番弟子を自認する岡本は、体調の思わしくない師匠と行動をともにした。増田はむしろ迷惑がっているようだったが、それで態度を改めることはなかった。自分の研究などほっぱらかして世話を焼く姿は、感動的でもあり気持ち悪くもあった。

あまり研究室に顔を出さない那智章彦は、増田の変化に気がついていなかった。相変わらずバイトに明け暮れ、暇があれば女性のお尻を追いかけていた。

増田に個人的な関心などいっさいなかったはずの横田ルミは、増田の容体が気になってしかたなかった。できることならばそばについて面倒をみたいとまで思ったものの、岡本に阻まれて果たせずにいた。この心境の変化はどうしてなのか、自分でもわからずに戸惑っていた。

人格はともかく増田の研究成果には敬意を払っていた都筑昭夫は、今後も准教授についていくべきかどうか迷っていた。最近の増田がバカミスにとり憑かれ、本業に身が入っていないのはよろしくない。九月下旬におこなわれる大学院入試を前に、勉強が手に着かない最悪の状態だった。

元より学生のケアには無頓着な増田は、各人の思惑など考慮もせず、とりあえず大学には通っていた。フィールドワークに出る気分ではなく、かといって頭を使うデスクワークに集中する気力も湧かない。精神安定剤のせいか頭がふわふわし、なにごとにも集中できないのだった。

紀要が届いたのはそんなときだった。増田は寄稿したことをすっかり忘れていた。本としてまとまるまでに、校正刷りが出てきたはずだが、赤入れ作業をしたかどうかも記憶が定かでなかった。

あまり興味もなくパラパラめくっていると、「寄生」という文字が目に飛びこんできた。思わずページをめくる手が止まった。生物学科動物生態学教室の助教である藤崎健《ふじさきたけし》による短報で、フクロムシという寄生性甲殻類の奇妙な生活史についての研究成果を簡潔にまとめたものだった。

一読して内容に興味を抱いた増田は、藤崎から直接話を聞きたいと思って電話をしたが、電話をとった事務員の話では、今日は大学には来ないらしい。明日改めて電話する旨を伝え、紀要に戻る。

奇しくも藤崎の短報の次に、増田の文章が載っていた。

「失敗作」

増田はもはや驚きもしなかった。自分が送った「キャバクラ嬢の豊胸指数をもとにした日本人女性のバストサイズの傾向推定」の原稿が、またしてもバカミスに変態したのだろう。それにしても、「失敗作」とは想定外だった。薬の影響で頭の中に靄のかかったような状態のまま、増田は「失敗作」を読みはじめた。

失敗作

増田米尊

1

碇有人は郵便受けに届いた封筒を大事そうに抱えて、仕事場へ入っていった。仕事場というと聞こえがいいが、要は老朽化が進んだぼろアパートの一室である。近くにある綾鹿科学大学の学生を当てこんで作られた物件であるが、きょうびの学生は八畳一間で風呂なしトイレ共用の部屋などには見向きもしない。空室の目立つアパートを借りているのは、身寄りのない独居老人や碇のような訳ありの二重生活者ばかりであった。

碇の仕事場には呆れるくらい物がなかった。部屋の奥に座卓が置いてあり、その上に型おくれのノートパソコンがちょこんと載っている。あとは座卓の脇にゴミ箱とティッシュボックスがあるだけなのだ。生活臭が極端に希薄なのは、碇がこの仕事場をごく限られた用途にしか使わないからだ。彼がここを訪れるのも、実は一週間ぶりであった。

近所の自動販売機で買ってきたペットボトル入りの緑茶を口に含むと、碇は郵便物を開封し、中から冊子をとり出した。『どのミステリがすげえ?』というA5判のムック本である。にんまりしながら目次を眺め、目当てのページを見つけたようだ。碇はさっそくそのページを開き、流し読みはじめた。

完膚なきまでの失敗作

碇有人

バカミスをいまさら説明する必要はなかろう。おバカだけれど愛すべき個性を持った作品のことで、ミステリの潮流として本格、ハードボイルド、サスペンス、冒険などのジャンルを問わず見られる最も熱いトレンドだ。こんなバカミス界に新たに高い資質を有した書き手が登場した。かりに競走馬にたとえるなら、三冠馬ディープインパクトの鹿毛の優美な姿態を想起させる血統書つきの新鋭ミステリ作家、鳥餌杏字だ。

一部の評論家からヒステリックなほどの歓迎を受けて話題になった超大作『空中』やカオス理論の専門家を探偵にして好評を博した『混沌探偵』に続き鳥餌杏字がすてきな問題作を上梓した。その名も『失敗作』。今回ばかりは変態作家の汚名を返上できるのではないかと予感させるできである。その怪作を紹介してみよう。

(『失敗作』の内容とトリックに触れますので、未読の方はご注意ください。碇有人による注意)

本編の主人公は冴えない大学三年生の鳥野目、

アホな変態男だ。鳥野目はかねて同じ大学の美女ホーリーこと堀真弓に恋心を抱いている。しかしミスキャンパスの真弓に、鳥野目は近づくチャンスすらない。いつも物陰から憧れの彼女を覗き己が欲情を自慰で処理する寂しい毎日だった。ある日鳥野目は真弓に近づくための秘策を思いつく。本の虫と揶揄される変態が考えたのは、ホーリーを思わせる女性が窮地に追いこまれ、その窮地を救う役に自分を配した小説を書くという変化球。うち気な彼は想いを小説で伝えようとしたわけだ。しかもよりによって鳥野目は自分をカメムシ（バグ）に見立てた。

いざ小説を書きはじめたカメムシ男は虚構の世界に没頭するあまり愚かなミスを連発する。バグに変身したつもりで女性のスカートの中に頭をつっこんでしまって痴漢容疑で捕まったり、ホーリーに完成した小説を手渡す一世一代の大舞台で興奮して鼻血を流したり、大学界隈に出没する露出狂とまちがえられたりして、平静を失ってしまう。嫌われた鳥野目はどうにか和睦をはかろうとするが、真弓はそんなド変態男をすきになれるはずなどなく、恋人の手を借り殺すべしと決心するのだった。

さて、彼女の考えた殺害方法が珍妙無類で烏餌杏字の面目躍如だ。真弓と恋人の医師宇野は鳥野目の家に接近し、まずこの変態男の生活を監視する。庭先に隠れて監視を続けること数日、ふたりはついに鳥野目の弱点を摑む。彼は包茎であり、それがバレるのを恐れて女性恐怖症に陥っていたのだ。カメムシを煎じて飲めば包茎が治ると信じ、毎日ミスキャンパス時の真弓の水着写真をオカズにマスターベーションに励む憐れな男であった。秘密を知った真弓は涼しい顔で鳥野目をデートに誘い一夜を共にしようと持ちかける。憧れの堀真弓を家に迎えたものの悩みを抱えた変態は性器を彼女に見られるのが恥ずかしく、幾度かトライするが一回もHができない。ここで真弓はさりげなく一冊の本（包茎手術で自信回復した男達の手記）を鳥野目に渡す。弁舌巧みに手術にいざなわれて、飼っていたカメムシを解放した鳥野目は葛藤の末否定的な気持ちに打ち勝つ。心に満ちる壮大な気宇、鳥野目は包茎手術に挑む。が、これが罠だった。

飼主の命に素直に従うペットのように真弓の言を否めない鳥野目は某医院へ連れていかれる。そこは宇野が経営する泌尿器クリニックだった。宇野医師の執刀により包茎手術がおこなわれ、このときに新素材の磁石がペニスに埋めこまれるのである。作為に気づかない鳥野目が手術後真弓相手に童貞を捨てようとしたとき、待ったがかかる。真新しいコイルをとり出した真弓が、陰茎にこれをつけたまんま手淫をして欲しいと頼むのだ。そうすればすごく勃起力がアップすると唆された鳥野目はすぐさま応じる。

続きはぜひ『失敗作』を買い読んで欲しいところだが、読者諸君は勘がよいのでもうおそらく真相に気づいているだろう。にぎったコイルを磁石入りの陰茎に通して動かす行為は危険を伴っていた。磁石の周りでコイルがこすられるたびに電磁誘導が起こるのだから。そう、奮闘して右手を動かす鳥野目は感電死に……！

なんというお下劣なオチだろうか。

完膚なきまでの失敗作だと断言する。

自分の手になるコラムを読みおえた碇は、誤植や脱字がないことにほっとしたようだった。サブリミナル効果もきいているし、われながらよいできだ。このコラムをきちんと読んだ読者はきっと書店で彼の本を探すに違いない。コラムをきちんと読まなかった読者も……。

頭の中で皮算用をめぐらせていた碇は、不審な人物が背後からそっと近づいているのに気づかなかった。侵入者は金属製のバットを大きく振りあげると、躊躇することもなく渾身の力で碇の頭上に振りおろした。

2

「なんとも殺風景な部屋だな」

谷村警部補は殺人現場に足を踏み入れるなり、そうつぶやいた。八畳間の中央付近に中年男が頭から血を流して倒れている。絶命しているのは明らかで、その死因もたやすく想像できる。べっとりと血が付着した金属バットが死体の横に転がり、凶器であることをわかりやすく主張しているのだから。

死亡したのは数日前らしく、死体は完全に硬直してしまっており、流れ出た血液はすっかり乾いている。幸い冬場なのでまだ腐敗は進んでいないようだった。

「アパートの大家によると、被害者はついふた月ほど前にこの部屋を借りたそうです。なんでも仕事場にすると言っていたらしいですよ」

赤ら顔の南巡査部長が説明した。

「仕事場？　こんなになにもないところで、いったいどんな仕事をしようというんだ。せめて暖房器具くらいはあってもよさそうなものなのに」

谷村がぶるっと身を震わせた。建てつけが悪いせいか、どこからともなく隙間風が吹きこんでくる。

「これですよ」

上司の質問に答えるべく、南が座卓の上に開いたまま放置されているムック本を指差した。開かれたページ上には血が点々と飛び散っている。

谷村は表紙を確認すると、「『どのミステリがすげえ？』、なんだこれは？」

「警部補はご存じないですか。年末になると、その年に刊行されたミステリの中からどれが面白いだの、どれは必読だのといったランキングがいくつも発表されるのですよ。これもそのひとつで、『どのミス』と呼ばれているガイド本です。実を言えば私もミステリが好きなので買ったばかりなのです。昨日が発売日だったので」

「で、それが仕事場とどう関係するんだ？」

「いま開いているページがあるでしょう。そのコラムを書いたのが被害者だったようです。つまりここは執筆用の仕事場だったのでしょう」

「ふうん、そういうわけか」谷村は物書きという仕事は楽でいいな、と思いつつ、「この名前なんと読むんだ。イカリユウトでいいのかな」

「よくわかりませんが、おそらく被害者のペンネームでしょう」

「ペンネームねえ。で、本名は？」

「まだわかっていません。このアパートもこの名前で借りているそうで、大家も本名までは把握していないのです。現在、このムック本の版元である子宝島社に問い合わせ中です。さすがに出版社ならば著者情報を知っているだろうと思いまして」

「大家もいいかげんだな。ま、こんなおんぼろアパートだから、おおかた借り手が見つかっただけでもラッキーという気持ちだったんだろう」

「ええ、下手に詮索して店子に嫌われるよりも、家賃さえ滞納しなければ誰でもいいから貸しておきたい。そんな料簡が透けて見えるような人物でした」

実際に大家から話を聞いた南が谷村の推測を裏づけた。

「で、ミステリ愛好家のきみに聞くが、碇という作家は有名なのか？」

「いやまったく無名といってもよいでしょう。私もこの本ではじめて知りましたから。それに作家ではなく、評論家のようです。少なくともここに載っている〈完膚なきまでの失敗作〉というのは書評のようですから。警部補もお読みになられますか」

「あとで暇があったらな」谷村は興味なさそうに言い捨てると、「それよりも、死体発見時の状況を教えてくれ」と、現実的な報告を求めた。

碇の死体を見つけたのは、隣室に住む友田清という独居老人だった。なんでも祖父思いの孫から友田の元へ大量のみかんが送られてきたらしい。とてもひとりでは食べきれないと判断した友田は、ふだんつきあいのない隣人にもおすそ分けしようと、碇の部屋の扉を叩いた。ノックしても返事がないので諦めて引き返そうとしたところ、ドアが完全には閉まっておらず、少し開いているのに気づいた。「直感的に異常事態が起こっている気がした」とは友田の弁。そのことばどおり、部屋の中には死体が転がっていたのである。

南の説明を聞いた谷村が質問した。

「その友田だか友清だかいう老人は信頼できるんだろうな」

「ええ、温厚なお爺さんですよ。隣の部屋で待機しているはずですから、呼んできましょうか」

「いや、きみがそう言うのなら信用するよ」

ふたりがそんな会話を交わしていると、部屋を捜査していた鑑識捜査員が遺体を担架に載せて運び出してよいかと許可を求めた。このあと遺体を詳しく検めようというのだろう。

「ああ、かまわないが、現段階でわかった事実を教えてくれ。死亡推定時間はどうなっている？」

「詳しいことは解剖して所見を待たなければわかりませんが、死後三日から四日が経っていると思われます」

鑑識捜査員が答えたあと、南が座卓の下に落ちている封筒を指差した。

「あの封筒は『どのミス』の郵送に使われたものだと思いますが、東京の受付局の消印は四日前になっています。綾鹿には翌日届いたと考えれば、被害者は少なくとも三日前までは生きていたのではないでしょうか。碇のコラムのページに血が付着していることから、碇は殺されたときに『どのミス』を読んでいた可能性が高いと考えられます」

「なるほどな」生徒の模範解答を認める先生のように大きくうなずいた谷村は、視線を鑑識捜査員へ転じ、「で、犯人のものらしき指紋は見つかったのか」

「凶器のバットに指紋は残っていません。部屋の中にも被害者以外の指紋はほとんど見当たりません。よほど世間と没交渉な生活を送っていたのでしょう」

「その本はどうだ？」

「表紙にいくつか指紋が残っているようなので、署に持ち帰って調べようと思います。血痕も調べる必要がありますから」

「そうしてくれ」谷村は捜査員の退室を認めると、南に向かって、「犯行が行われたと思われる三日前、友田とか友清とかいう爺さんはなにか見聞きしていないだろうか？」

「それも確認しました。残念ながら友田清さんは耳が少々遠く、なにも気づかなかったそうです。ちなみに反対側の隣は空部屋になっており、いまのところ犯人の目撃情報はありません。アパートの全住人や近隣の聞きこみはこれからですので、今後はなにか参考になりそうな証言が得られるかもしれませんが」

「そうか。聞きこみの前に、まずはガイシャの正体を知りたいな。その子宝島社とやらからの連絡はまだなのか?」

「先ほど電話したところ、担当編集者が直接ここを訪ねてくるという話でした。もうそろそろ到着するのではないかと思うのですが」

「じゃあ、それを待とう」

「待ち時間を利用して、碇の文章をお読みになられませんか」

「しかし、あの本はさっき証拠物件として押収されただろう」

「いや、ちょうどここに私が買ったものがありますから」

南は上着の内ポケットからふたつ折りにしたムック本をとり出し、上司に手渡した。

3

「いったいなんなんだ、この文章は。これがプロの評論家の書く代物か」

〈完膚なきまでの失敗作〉というコラムに目を通した谷村が罵倒した。南も苦笑しつつ、「やはりそう思われますか?」

「人の文章をとやかく言えるほど文才があるわけではないが、それにしてもこの文章が下手くそなことくらいはわかるぞ。だいたい最初に競走馬まで持ち出して作者を血統書つきと褒めたかと思えば、最後には問題外の失敗作とけなしているのだから、意味がわからん」

「そうですね。あそこでわざわざディープインパクトという具体名を出す必要はありません。限られた枚数で作品紹介をしなければならないのに、あえて文字数を稼いでいるように感じます」

南の指摘に大いに同感した谷村は、「まったくだ。内容にしたって、『失敗作』というヘンテコな作品のあらすじをただ並べているだけだし。小学生の読書感想文でももっとましだろう。こんな駄文にも原稿料が支払われるのなら、まともに仕事をしている人間を冒瀆しているようなものじゃないか」

「たしかにそうですね。もっとも無名の書評家のようですし、たいした原稿料が支払われるとは思えませんけど」

谷村の憤りはそれでもまだ治まらない。

「そもそもこの『失敗作』というミステリ自体、紹介するまでもないナンセンスな話じゃないか。なんだ、このくだらない殺人トリックは。いくら絵空事でも、自慰によって電磁誘導が起こり、それで感電死するってのは無茶苦茶すぎる。誰なんだ、この作者。トリエサ……」

「トリではなく、横棒が一画少ないのでカラスですね。ルビが振っていないのでよくわかりませんが、カラスエキョウジと読むのかな。あるいは、ウジアンジかな」

「つまりきみも知らない二流作家なんだろ。だよな、まともな作家がこんなゴミのような話を書くはずがない」

断固として烏餌杏字を糾弾したそうな谷村に対して、南はしかし違った見解を持っているようだ。

「この烏餌——読み方がわからないのでカラスエにしておきますが——は無名ですが、もしかしたらバカミス界のカルト作家といえる逸材かもしれんよ」

「バカミスってなんだよ?」

「このコラム中でも碇が説明していますが、制約の多いミステリの中でバカバカしいまでの徹底した逸脱を志向した作品というか……」

「なんのことだか、さっぱりわからんな。つまりきみはそのバカミスという読み物が好きなのか」

「ええ、まあ」南は恥ずかしそうにただでさえ赤い顔をさらに赤めながら、「バカミス愛好家にとって、くだらなければくだらないほどその作品に愛着を覚えてしまうという傾向がありまして、この『失敗作』のバカトリックを知ってしまった以上、『空中』や『混沌探偵』という作品もぜひ読んでみたいな、と。おそらく自費出版の作品ではないかと思うのですが、一応今度の休みに書店にいって探してみるつもりです」

「なんだか知らないが、ま、ご苦労なことだ」

谷村は部下の気持ちがさっぱり理解できなかった。

4

「失礼します」

そこへ下村という制服警官が現れた。背後にくだけた服装をした若者を連れている。その男こそ、子宝島社の編集者大山正であった。

大山はすばやく室内に目をやると、「死体はもう運び出されたのですね」

大山の疑問に南が答えた。

「そうです。被害者の碇さんとは面識があったのですか？」

「いや、実はメールや郵便でやりとりするだけで、直接お会いしたことはありませんでした」

大山が『どのミステリがすげえ？』の企画を煮詰めているときに、突然見ず知らずの碇からメールが届いたのだという。メールは、碇はバカミス界の最終兵器というべき埋もれた才能を知っているので『どのミス』誌上でその人物を紹介したい、という内容だった。バカミスへの愛情に関しては人後に落ちない自負がある大山は、さっそく返信メールでその「最終兵器」とは誰かを尋ねたらしい。碇からの返答は、私家版の作品しか発表していない趣味作家で、自分が紹介しない限り世にその名を知られるはずがない人物、というものだった。

評論家を名乗る無名の碇からの売りこみを真に受けたものかどうか大山は迷ったが、バカミスの「最終兵器」を知りたい気持ちは強く、ついにおよそ原稿用紙四枚の分量で発注したのだ。メールで届いた原稿の内容はひどかったが、碇は一字一句修正しないで掲載してくれれば、原稿でとりあげた『失敗作』を譲るというので、しかたなく応じた。

大山正はこのように経緯を語った。

「で、大山さん、碇の本名や住所はご存じですか?」

「いや、それも知りませんでした。原稿料を払う段階では著者登録をする関係で銀行口座の名義なんかもわかるのですが、まだそこまで進んでいませんでした」

谷村は大山の言い回しが気になったようだった。「いま、知らなかったと過去形を使いましたね。現在は碇の正体の想像がついているという意味ですかな」と鎌をかける。

「おそらく碇というのは某ミステリ作家の変名ではないかと思うのです。私もこれまで、イカリユウトと読んでいたのですが、もしかしたら、下はウヒトと読むのかもしれないな、と思って」

「たしかにそうも読めますが、その根拠は?」

「イカリウヒトであれば、ある実在するミステリ作家のアナグラムになるのです」

そう言って大山はその作家の名前を口にした。

「知っているか、南くん」

「ええ、一応は。あまりおもしろくはありませんが。そういえば鳥餌杏字とその作家は字面が似ていますね」

南がその作家名を漢字で書いて、谷村に示した。

「本当だな。よく似ている」

「さらに言えば、碇の文章中に出てくる『空中』や『混沌探偵』もその作家の作品名をもじったものみたいなのですよ」

　大山の発言に、谷村が疑問を投げかけた。

「ということは、いったいどうなっているんだ？」

「おそらくこういう真相ではないかと思います」大山は舌で唇を湿らせると、自分の推理を話しはじめた。「その作家は自分の作品がちっとも売れないので、なんとか注目してもらおうと考えたのではないでしょうか。そのために生みだしたのが烏餌杏字という架空の作家です」

「烏餌は架空の人物なのか」

「はい、気になって自費出版物をいろいろ調べたのですが、そんな名前の作家も、『失敗作』という作品も見つかりませんでした。きっとあの作家の創作だと思います。バカミスの愛好者というのは因果なことに、作品が変であれば変であるほど、そこに価値を見出そうとする人種です。作家はそこに目をつけて、架空の作家の架空の書評をでっちあげたのです。なるべく奇天烈なプロットのほうがよいので、作家は可能な限りいい加減な筋書きを考え、それを紹介する文章を作りました。この文章を読んだバカミス愛好家は、きっとこの究極的なバカミスを読みたくてしかたなくなるでしょう。完膚なきまでの失敗作とは、バカミスにとっては最大の褒めことばなのですから」

　谷村には大山の話の内容が信じられなかったが、自身もバカミス好きと言明した南がさかんにうなずいているのを見て、考えを改めた。大山に話の続きを促す。

「『どのミス』の碇の文章を読んだバカミス愛好家は書店に足を運び、鳥餌の作品を探すでしょう。でも実在しない作家なのですから、当然置いていない。愛好家はそのとき鳥餌と読み間違えて作家の作品を手にとってしまう。作家名も作品名も似ているのですから、ある程度の割合でそんな策略が成功する。そう目論んで、作家は碇名義の文章を書いたのですよ。要するに自作のプロモーションってわけですよ」

「それならなにもそんな回りくどいことをせずに、碇名義で自作を褒め称えればよさそうなものだが」

「さすがにそこまで厚顔無恥ではなかったのでしょう。もしコラムが話題になれば、本当に鳥餌名義で『失敗作』を執筆しようと考えていたのかもしれません」

「バカミス作家やバカミス愛好家というのは理解の及ばぬ存在だな。では、殺人犯は誰なんだろう。大山さん、見当がつかないかな?」

「想像ですが、熱狂的なバカミス愛好家だったのではないでしょうか。いま私がしゃべったような真相に気づいて、碇を許せないと考えたのだと思います」

大山の推理を黙って聞いていた南がここで声をあげた。

「ということは、犯人は大山さん、あなたですね」

「ちょっと待て、南くん。どうしてそういう結論になるんだ?」

「だっていま大山さんがおっしゃった熱狂的なバカミス愛好家という条件に最も当てはまるの

は、ほかでもない大山さん自身でしょう。それに、碇は『どのミス』の発売日より前に殺されていますので、犯人はその時点でコラムの内容を知っていたことになります。それだけならば『どのミス』編集部の他の編集者も同じ条件ですが、碇の住所を知っていたのは担当編集者だけでしょうから」

南の指摘は正しかった。大山正はすぐに罪を認めたのだ。結果的に自ら墓穴を掘ったようなものだった。

「大山さん、私にはどうしてもあんたのやった行為が理解できない」自白を聞いた谷村はまだ半信半疑の顔をしていた。「この〈完膚なきまでの失敗作〉という文章がそんなにも多くの読者に影響を与えるとは信じられないのだよ。文章が下手すぎてたったこれだけの分量を読むのが苦痛なのだから、たぶん大半の読者はきちんと読みはしないと思う。殺したくなるほどの策略でもないと思うけどな」

「たしかに大半の読者はきちんと読まないと思うのです。おそらくは斜め読みをするに違いない、と。碇、というよりあの作家もたぶんそれを予測していたのだと思います。ですから文字通り斜め読みしてみてください。あの作家の浅ましい企みが見えてきますから。『どのミス』の誌面をこんな風に利用されたのが屈辱で、ついかっとなってしまったのです」

うなだれてしまった大山を前に、谷村と南は〈完膚なきまでの失敗作〉を再び読むはめになった。しかも今度は斜めに。

第五章　「増田米尊、寄生される」の巻

1

翌日、藤崎とはすぐに連絡がとれた。紀要に掲載された研究内容に興味があるので詳しく教えてほしい。増田が乞うと、藤崎は快く面会に応じた。

午後一にアポをとったので、午前中は空き時間ができた。増田はもう一度「失敗作」に目を通した。バカミスをテーマにしたバカミスである。あまりのくだらなさに、虚ろな笑いしか出てこない。

作中に登場する谷村警部補と南巡査部長は実在の刑事であり、増田も過去に何度か会ったことがあった。正確に言えば、フィールドワークが犯罪と間違われて、捕まってしまったのだ。増田が警察のお世話になったのはもう何年も前だったので、いまの学生がその事件を知っているとは思えない。知っているとすれば、一番在籍期間の長い岡本くらいであろうが、その彼にしても学

部生のときだったはずだ。

また、作中で谷村警部補が指摘している、ディープインパクトという固有名詞も気になる。中央競馬界で史上六頭めの三冠馬となったこの競走馬は二〇〇六年に引退している。いくら名馬といえども、この名前がすぐに出てくるのはある年齢以上の層だろう。研究室では増田と岩谷くらいか。

こう考えを進めてくれば、「失敗作」を書き得た人間は、この研究室内では増田しかいないことになる。事実、「失敗作」の作者は、増田米尊になっている。

どうして自分の書いたものがバカミスに変態してしまうのか。その理由はまるでわからない。しかし、ここまで同じ現象が続けば、自分が作者であると認めざるを得ない。これまでさんざん学生たちを疑ってきて、申し訳ない気持ちになった。

「失敗作」には「処女作」と同様、作中作が出てくる。そしてこの作中作「完膚なきまでの失敗作」の作者は、碇有人というペンネームになっていた。南はこれを〈イカリウヒト〉と読み、実在のミステリー作家のアナグラムになっていると発言している。ミステリーに疎い増田には、それだけでは誰だか見当もつかなかったが、「失敗作」を最後まで読めばなんとなくその名がわかってきた。

しかしなぜ、知りもしないその作家に言及しているのだろう。無意識とはいえ、自分が書いたのであれば、少しくらい引っかかるものがあってもよい気がするが……。

思考を弄《もてあそ》んでいるうちに、もうじき正午である。増田は考えるのを中断し、昼食に向かった。

2

アポの時間に合わせて、午後一に藤崎の研究室へ出向く。学生として入学して以来、かれこれ三十五年も綾鹿科学大学に籍を置く増田だったが、生物学科の建物に足を踏み入れるのは初めてだった。藤崎の研究室は三階の北端にあると聞いていた。節電がうるさく言われるようになってから、廊下の蛍光灯の半分は取り外されている。昼でも薄暗い陰気な廊下を歩いていると、ホルマリンの臭いが漂ってくる気がした。

動物生態学教室の助教である藤崎は、三十代後半の小柄な男だった。低い声でゆっくりしゃべる語り口のせいで、年齢の割に落ち着いた風格を感じた。

「しかし、数学の准教授が寄生に興味をもたれるとは意外でした」

お互い初対面の挨拶を終えたあと、藤崎が切り出した。

「お恥ずかしい話ですが、カイチュウに寄生されまして、それ以来、寄生ということばに敏感になっています。紀要を拝見しましたが、フクロムシの研究をなさっているんですよね。実はフクロムシという生き物も初めて知ったような門外漢なんですが」

「マイナーな生物ですから、知らない人のほうが多いでしょう。これをご覧ください」

藤崎が立ちあがり、壁際に据えてある水槽のほうへ移動した。増田も従い、指で差された部分に目をやる。掌よりもひとまわりほど大きなカニが水槽の底にいた。その腹部から袋状の塊がはみだしているのがわかる。カニが卵を抱いているかのようだ。

「この卵のように見えるのがフクロムシです。イソガニに寄生しているところです」

「カニが甲殻類というのはよくわかるのですが、フクロムシもやはり甲殻類だとか？」

「はい。フジツボやカメノテなどに近い仲間です。見えているのは成体なのですが、脚は退化しています。消化器すらない。カニやエビなどの宿主の腹部にとりついて、宿主から栄養を直接もらっているのです」

じっと動かず、宿主から栄養をいただく。増田はヤドリギを思い出した。

「植物のような生活ですね」

「成体に関しては、そうも言えるかもしれません。幼生の一時期はプランクトンとして水中を浮遊しているのですがね。いったん宿主に寄生すると複雑な生活史をたどって、宿主の体内に根を生やします。さらに大きくなって成体となると、このように宿主の体外に袋状の構造物をつくる。袋状に見えるのはメスで、袋の中身はほぼ卵巣と卵で占められています。オスの成体はとても小さく、ほとんど精巣だけに退化して、メスの体の一部にくっついているんです」

「要するに、フクロムシの成体は生殖器だけの生き物ということですか」

増田が興味を示すと、藤崎は低い声で笑った。

「さらにフクロムシがすごいのは、宿主の繁殖能力を奪ってしまうことです。このカニはオスですが、フクロムシによって去勢されています」

「去勢？　なんのためにそんなまねをするんですか？」

「動物が繁殖するためにはエネルギーが必要です。精巣や卵巣を発達させるのにそれなりの投資をしなければならない。フクロムシは宿主を去勢することによって、本来宿主が生殖器にまわす分のエネルギーを吸いとっているのです。さらにフクロムシは宿主を操り、自分を宿主の卵だと錯覚させます。宿主はフクロムシを大切に保護するようになるわけです」

去勢されたうえに、行動をコントロールされる。この袋のような物体がそれほど高度な技をもっていることに、増田は驚きを禁じ得ない。

「このカニはオスだとおっしゃっていましたね。だとしたら、卵を守る本能はないのではないですか？」

「ところが去勢されているので、まるでメスのような振る舞いをします。フクロムシを自分の卵と思って、いまも大切に保護しているのです」

「なんだか気の毒ですね」

「このフクロムシに去勢寄生をするリリオプシスという別の甲殻類も知られています。生き物は実にしたたかですよ」

寄生虫に寄生する寄生虫を超寄生虫《ハイパーパラサイト》と呼ぶのだ、と藤崎はつけ加えた。

「すごい世界ですね」

「寄生虫に関して、まだ全貌はわかっていません。一説にはすべての宿主に対して寄生虫が存在するとも言われています。未知の寄生虫がこれからもたくさん発見されるでしょう」

「寄生虫に寄生する超寄生虫がいて、その超寄生虫に寄生する超々寄生虫がいて……そうなるとキリがないじゃないですか」

「さすがにどこかでは終わりはあるでしょうけどね」藤崎は目尻に皺を寄せて笑うと、「昆虫の中で種数が多いのはなんだかご存じですか?」

「だしぬけになんですか。甲虫じゃないんですか。カブトムシとかタマムシみたいに、背中の硬いやつ。すごくたくさんの種類がいると聞いた覚えがありますが」

「鞘翅《しょうし》目の昆虫ですね。種名がついているものだけで三十五万種を超えると言われていますからね。未記載種を含めると、いったいどのくらいまで膨らむかわかりません。ところが最近の研究では、膜翅《まくし》目の昆虫もこれに迫るか、もしかしたらそれを上回るほどいるのではないかと考えられています」

「膜翅目?」

「一般の方にはハチ目と言ったほうがわかりやすいですかね」

「ハチの仲間ですか?」

「ええ。ハチやアリの仲間です」

そう言われても増田はピンと来なかった。

「しかし、ハチってそんなにたくさん種類がいますかね。あ、アリが多いのかな?」

「そう思うでしょう。しかし、アリは一万種かそこらです。膜翅目で圧倒的に多いのは、タマバチ、コバチ、ヒメバチなどの寄生蜂《ほう》の仲間なんですよ。見つかっていない潜在種を含めると、百万種はくだらないはずと主張する学者もいます。つまり、それだけ寄生という生活形態を獲得した生き物は多いということです」

生き物はもちつもたれつの関係で成り立っていると信じていた増田には、藤崎の話は新鮮だった。一方的に依存している生き物がそんなにいるのか。増田は憎々しげにイソガニにとりついたフクロムシを睨んだ。

「それにしても、寄生虫に行動をコントロールされる宿主は憐れですね」

増田が感情を滲ませると、藤崎は反対に感情を押し殺した声で、「寄生された段階で宿主は寄生生物に支配されているのですよ」

藤崎のことばは増田を震えあがらせた。自分はいまもカイチュウに支配されているのではないか、と。

「よくとりあげられる事例で、ロイコクロリディウムという扁形《へんけい》動物がいます」

「扁形動物?」

「名前のとおり、平べったい形をした生き物で、寄生しないものではプラナリアやコウガイビル、寄生するものではサナダムシやエキノコックスが有名です。ロイコクロリディウムは最終的には鳥に寄生する扁形動物ですが、その戦略は実に巧みです」

デスクの前に移動した藤崎が、パソコンを操作し、モニター画面に小さなカタツムリを表示させた。

「オカモノアラガイというカタツムリです。ロイコクロリディウムは鳥の体内で卵を産みます。その卵は糞と一緒に排出され、その糞をこのカタツムリが食べるわけです。ロイコクロリディウムの幼虫はオカモノアラガイの体内で孵化します」

理解しているかどうか確かめるように増田の顔を覗きこんでから、藤崎は説明を続けた。

「ロイコクロリディウムがすごいのはここからです。カタツムリはふつう天敵の鳥から身を守るために、葉の裏などに隠れています。ところが幼虫はオカモノアラガイの中枢神経をコントロールし、明るく目立つ場所へと移動させるのです。それだけではありません。これを見てください」

藤崎が画面を切り替えた。さっきと同じカタツムリが日光の射しこむ葉の上にいる。不気味なのは先端に目のある触角の片方が異常に膨らんでいることだった。

「寄生した幼虫たちがオカモノアラガイの触角部分に移動したのです。鳥はオカモノアラガイをそれほど魅力的な餌と見なしていません。そこでこのように触角部分に集まり、一斉に脈動することで、まるでそこにイモムシがいるかのように見せかけているのです。イモムシが好物な鳥は騙されてオカモノアラガイを食べ、ロイコクロリディウムの幼虫は目的の鳥の体内に侵入できるわけです。そこで成体になり、再び卵を産んでというサイクルを繰り返します」

「カタツムリを支配し、鳥に食べられるようにコントロールした。そういう意味ですか」

「そうです。同じく扁形動物でユーハプロルキスというやつがいます。こいつも最終的には鳥が宿主ですが、ロイコクロリディウムよりももっと複雑なサイクルをたどります。鳥が糞を落とし、それを水辺に棲む巻貝が食べるところまでは、ロイコクロリディウムと同じです。ユーハプロルキスの場合は、巻貝の中で幼生となり、水の中で遊泳をはじめます。この幼生をこの魚が食べます」

藤崎がモニターの写真をチェンジした。細長い小さな淡水魚が写っている。

「メダカですか?」

「似ていますが違います。カダヤシという魚です。幼生を食べたカダヤシは寄生されてしまいます。ここからが実に面白い。最終的には鳥の体内に入りたいユーハプロルキスは、どのような作戦をとると思いますか?」

藤崎の目尻の皺が深くなった。他人に寄生の話をするのが楽しくてしかたがないのが伝わってくる。

増田はしばし考え、「カダヤシでしたか、その魚を殺してしまうのではないですか。死んだ魚は浮きあがるから、鳥に食べられる」

「近いですが、違います。美食家の鳥は死んだ魚は好みません。生きた魚を食べたいのです。答えを申しあげましょう。ロイコクロリディウムに寄生されたモノアラガイとは違って、ユーハプロルキスに寄生されたカダヤシは外見上は他のカダヤシと変わりません。変わるのは、行動です」

「行動？」

「寄生されたカダヤシは水面に向かって突進したり、ジグザグに泳いだりという不規則行動をはじめるのです」

「どういうことですか？」

「ユーハプロルキスの幼生がカダヤシの中枢神経を操作しているのです。不規則行動によってどうしても目立ってしまうカダヤシが鳥に捕食される確率は、そうでないカダヤシの三十倍にも高くなるという研究があります。いわば、ユーハプロルキスはカダヤシの脳を乗っとって、自殺に導いているわけです」

　脳を乗っとり自殺させる。なんと非道な振る舞いだろう。増田の胸中に苦いものがこみあげてくる。カダヤシはユーハプロルキスにとって、最終宿主の鳥にたどり着くための一時的な乗り物にすぎない。だからといってその乗り物をかくも粗末に扱うとは。

「まるでカダヤシを乗り捨てにしているようだ」

「乗り捨てですか。うまいことをおっしゃいますね。鳥にとっては生きのいい魚が食べられるわけですから、それなりに得もしています。ユーハプロルキスは手土産持参で鳥にとり入っているとも言えるかもしれません。脳を乗っとるといえば、ハリガネムシによる宿主のコントロールもなかなか見事です。ハリガネムシはご存じでしょう？」

「カマキリのお腹から出てくる細長いやつですよね」

「はい。類線形動物の仲間です。この動画をご覧ください」

パソコン上で動画が再生された。

藤崎が腹部の膨らんだカマキリをつかみ、水を張ったバットにカマキリの腹部の先をつける。しばらくすると黒っぽい針金のようなものがのたうちまわりながら出てくる。ハリガネムシだ。一匹だけではない。一匹、また一匹と計四匹のハリガネムシがカマキリの腹部から次々に出てくる。長いものは三十センチ以上ありそうだった。四匹のハリガネムシを放出したカマキリは腹部がぺしゃんこになり衰弱してまもなく死んでしまうが、ハリガネムシのほうはおかまいなしに水中でくねくねと蠢《うごめ》いていた。

「見ていただいたように、ハリガネムシの成虫は寄生しなくても水中で生きていけます。ただし、小さいうちはカマキリやカマドウマの体内でしか生きていけません。そこでどうするか。ハリガネムシは水中で卵を産み、孵化するとごく小さなイモムシのようなものが出てきます。これがカゲロウやユスリカの幼虫に食べられます。このときハリガネムシの幼虫は休眠状態で活動はしません。カゲロウやユスリカが羽化して飛び出すと、カマキリやカマドウマに食べられる。休眠状態のハリガネムシはこうやって目的の昆虫の体内に入ります。そこである程度大きくなるわけですが、ハリガネムシは水中でないと産卵できない。ところが、カマキリもカマドウマも水辺が好きではない。さてどうしましょう?」

「宿主をコントロールするんですね」

「そういうことです。ハリガネムシは宿主の体内である種のタンパク質を作ると考えられています。そのタンパク質が宿主の中枢神経の働きを乱し、水中に飛びこむように仕向けるのです。言ってみれば、入水自殺させるわけですね」

「おそろしい」

増田は心からそう思った。くねくねと動く地球外生物のようなこいつが、そこまで策を弄しているとは。自然の奥深さを覗き見た気がする。

「水に飛びこんだ昆虫は、ヤマメなどの渓流魚の餌となりますから、決して無駄死にではありません」

「人も」掌が汗でぬめっていることに増田は気づいた。「人も寄生虫にコントロールされたりするんでしょうか」

「カイチュウにですか。それはまずないでしょう」

軽く返されて増田が安心していると、藤崎が眉間に皺を寄せた。

「いや、待てよ」

「なにか?」

「メジナムシって知っていますか?」

「いいえ」

「カイチュウやギョウチュウと同じく線形動物で、別名ギニアワームとも呼ばれています」

ギニアワーム——増田の脳裏に図書館で見たおぞましい写真が蘇った。黒人が足から引っ張り出していた紐のような生き物、あれがたしかギニアワームではなかったか。

「それならば、写真を見たことが……」

「足から出ていませんでした？　かなりグロかったでしょう。幼虫はケンミジンコの中にいて、汚染された水を飲むことで、人の腸へと入ります。幼虫は腹腔の中に入って一年をかけて一メートル近い長さにまで成長し、ゆっくりと足のほうへ下りてきます。この段階になると失神するほどの激痛があるそうです。それはそうですよね、皮膚の下をそんなに大きな虫が移動するわけですから。あまりの痛さに耐えかねて患部を冷やそうと、足を川の水につける。メジナムシはこのときを狙って足の皮膚を破って出てきて、幼虫を水中に放つのです。その幼虫がケンミジンコに食べられ、同じサイクルを繰り返すわけですね」

聞かなければよかった。増田は皮下を寄生虫が体をくねらせながら動いているような妄想にとらわれてしまった。

「ハリガネムシと同じように、人をコントロールして、水辺に誘導しているわけですね」

「ハリガネムシは宿主の中枢神経を操っているようですが、メジナムシの場合はそれほど高等な技は使いません。人は激痛があると患部を冷やす。メジナムシはそんな人間の習性を知っているかのような振る舞いをするわけです。ある種、遠隔操作をしているようなものです。増田さん、顔色が悪いようですが、大丈夫ですか?」

大丈夫ではなかった。

カイチュウとメジナムシはどちらも同じ線形動物だと藤崎は言った。それならば、カイチュウもメジナムシと同じような能力をもっているのではないか。そう思えてならないのだ。

いまも増田の体内にはカイチュウがいて、皮膚の下をもぞもぞと動いているのではないか。カイチュウは稀に脳に迷入することがあるらしい。頭が重いのはそのせいではないのか。そのうちカイチュウも外に出たくなって、鼻孔や口からにょろりと姿を現したらどうしよう。

いや、それはまだ穏当なほうだ。例えば涙腺を食い破って眼球の脇から出てきたら、頭蓋骨に孔を開けてこめかみから出てきたら……思考が勝手に暴走をはじめる。

「増田さん、大丈夫ですか?」

藤崎の声が遠くのほうから聞こえる。プールの底に潜ってプールサイドの先生の声を聞いているような……。

「増田さん……増田さん……」

藤崎が肩を揺するのがわかった。それなのに、金縛りにあっているように自由がきかない。

「……すださん……ださ……」

絶対なにかに寄生されている。薄れゆく意識の中で、増田はそう確信していた。

いつのまにか、腹にエアバッグのような柔らかい袋がくっついていた。

3

指で押すと弾力があり、押し返される。中になにか球状のものがたくさんつまっているようだ。引きはがそうとして力を加えると、へそのあたりに鈍い痛みが生じる。よく見ると、袋はへそから生えているのがわかる。引っ剝がせるはずもない。

へその緒でつながったこの袋は、そうだ、自分のたいせつな子孫ではないか。あやうく殺してしまうところだった。この袋はなにがあっても自分が守らねばならない。そうだ、風呂できれいに洗ってやろう。

両手で袋を抱きかかえて湯船に浸かると、袋が軽いせいで腹を上にして浮いてしまう。体勢を整えるために手をばたばたさせるが、浮いたままだった。

だしむけに肛門がもぞもぞしてきた。手を当てると、なにか硬さのあるものに触れた。驚いてすぐに引っこめる。

そのときだ。直腸が外に引っ張られる感触がし、全身をクチクラで覆われた黄土色の蛇のような奇怪な細長い生き物がずるずるっと出てきたのは。

三十センチ、五十センチ、一メートル……。まるで外の世界の光が眩しすぎるかのようにのたうちまわりながら、それでも生き物はずるずる出てくる。

さほど痛みはない。それよりも自分の身体で繰り広げられている異常な光景に目を奪われていた。二メートル、五メートル、十メートル……。

と、肛門が内側から押し広げられ、二匹めが顔を出す。一匹めにはずいぶん水をあけられているが、焦るようすもなく外の世界をうかがうように出てくる。

一匹めは浴槽に収まりきれなくなり、頭をもたげて洗い場のようすをうかがっているようだ。内臓が強く引っ張られたかと思うと、肛門が引き裂かれた。火箸を刺しこまれたような激しい痛みが頭のてっぺんまで走る。出血があり、たちまち湯船が真っ赤に染まった。

血の池の中から三匹めが姿を現した。二匹めに追いつこうと勢いよく出てくる。

一匹めは完全に脱出し、全貌が明らかになった。長さはおよそ十五メートル、直径は三センチほど。洗い場のタイルの上で不器用にとぐろを巻いている。

三匹めが二匹めに追いついた。どちらも肛門から五メートルほど出てきている。二匹は縄をなうようにもつれあっている。オスとメスなのかもしれない。

蟲が出ていくにしたがい、風船から空気が抜けるように腹がしぼんでいく。内臓も肉も残っていないようで、腹部は皮膚でできたぺしゃんこの袋のようになった。その外側にぱんぱんに膨れた弾力のある袋がついている。先ほどまでよりもさらに浮力を得て、ぷかぷかと浮いている。

そのとき袋が破れて、隙間から無数の淡紅色のウジのような蟲が這い出てきた。千や二千の数ではない。万、もしかしたら十万はいるかもしれない。

血の池を避けて一斉に身体に這いのぼってくる。腹から胸、胸から首。幾重にも重なり合って、懸命によじのぼってくる。くすぐったいのとうっとうしいので耐えがたい。払い落したいのに、なぜか手が水面からあげられない。意志に反して、血染めの池をばしゃばしゃと無意味に波立てるばかりだ。

ウジのような蟲の動きに呼応するかのように、肺の中でぞわりと動くものがあった。痛みとは異なる違和感があった。なにが粘着質のものが貼りついているような感触だ。

ソイツが肺から気管支を伝って上昇してくる。息が苦しい。やがて気道に入り、ついに咽頭部までよじ上ってきた。何度も窒息しそうになった。

舌にねちゃっという感触があった。ソイツが口腔のようすをうかがったようだ。しかし気に入らなかったのか、引き返して今度は鼻腔のほうを目指しはじめた。鼻孔から出てくるわけではなかった。ソイツは鼻腔内でしばし休憩した。鼻の奥がむずむずしてしかたがない。

上半身を覆い尽くしたウジは顔の皮膚にとりついて上っている。こそばゆい。手が使えないので首を振って落とすが、膨大な数のウジの行軍はそれしきでは止まらない。早いものはすでに鼻梁に到達している。

そのとき鼻腔内のソイツが歯を剝いた。ぐるぐると回転しながら組織を破壊し、頭蓋の中へと移動しはじめたのだ。

激痛が全身を貫く。ソイツが脳に向かって孔を穿つたびに、筆舌に尽くしがたい痛みに苛まれる。

あまりの痛みのため、どこが痛いのかさえわからない。

鼓膜の内側から、軟骨組織が砕かれる鈍い音が聞こえた。ソイツは脳のすぐ間近まで迫っているようだ。

次の瞬間、脳が内部から無茶苦茶に引っ掻きまわされた。

4

――――ぎゃああああああああっーーー。

悪夢から目覚めると、研究室の学生たちが心配そうに増田を見おろしていた。

「増田先生、心配しました！」

岡本勉が声をかけてくる。

夢の感触がまだリアルに残っており、増田はただ呆然としていた。

「先生、わかりますか？　動物生態学教室の藤崎さんから連絡をもらって、全員で運んできました。医者の診断では、ストレスが原因ではないかということでしたが、精密検査が必要だそうです」

自らが医者であるかのような落ち着いた口調で、年長者の岩谷薫が告げた。

脳が少しずつ機能しはじめるのを増田は実感した。大丈夫、破壊されたわけではなさそうだ。

ここは大学の医学部付属病院のベッドの上らしい。

「ありがとう、みんな。心配をかけたな」

ベッドサイドにいた横田ルミが増田の手をとる。冷え切った皮膚には女子学生の体温がありがたかった。

「そうですよ、先生、心配かけすぎです。無理はなさらないでください」

「無理をしているわけではない。確認作業をしていただけだ」

「確認作業って、いったいなんの?」

足元のほうから声がした。首を折って確認すると那智章彦だった。

「自分の症状だよ。おかげではっきりした。やはり私は寄生虫に侵されているようだ」

「寄生虫!」

小さく叫んで、ルミが増田の手を放す。正直な反応だった。

「カイチュウかと思っていたが、違うのかもしれない。得体の知れない蟲に身体を蝕まれている気がする。絶望的だよ」

「病は気からです。元気出してください!」

岡本が励ましのことばに力をこめた。

増田は薄く笑い、「そのとおりだな。ともかくこの機会に徹底的に検査してみるよ。みんな、ありがとう。さあ、部屋に帰ってそれぞれやるべきことをやりなさい」

指導教官がとりあえず元気を取り戻したのに安心し、学生たちは次々と去っていく。最後に都筑昭夫だけが残った。思いつめたような真剣な表情をしている。

「都筑くん、どうした?」

「増田先生にご報告があります」

「おや、なんだろう?」

「大学院の入試を受験しないことにしました」

決然とした口調から意志は固いのだろうと想像された。

「せっかくいままで勉強を続けてきたのに、もったいない。いったいどうしたんだね?」

「理由はふたつあります。ひとつは数学への愛情が冷めてしまったこと」

「なにかきっかけがあったのかい?」

「明確なきっかけはないのですが、実は最初から悩んでいたんです。高校のときからどうしてか数学だけは成績がよかったので、なんとなく大学でも数学の勉強を続けてきましたけど、ぼくには数学に対する情熱がないんです。どうしても解き明かしたい問題があるわけでもなければ、数学を極めたいという熱意もありません。比較をしても意味がないかもしれませんが、岡本先輩を見ていると、数学の勉強を続けるのに迷いなどこれっぽちも感じていないのがよくわかります。増田先生を尊敬し、どこまでもついていこうという意志がひしひしと伝わってきます。自分で言うのもなんですが、ぼくには岡本さんのような熱いものがありません。そういう人間は大学院にいく資格がないのではないかと思います」

遠まわしに尊敬に値しないと言われているようで増田は少々不本意だったが、都筑の自己分析に関しては正当性を認めた。

「なるほど。きみが真剣に考えてそういう結論を出したのであれば、私としても無理に引きとめるつもりはない。しかし、これまで就職活動もしてきていないだろうし、卒業後はどうするつもりなんだ？」

「はい。それが大学院を諦めたふたつめの理由でもあります」

「というと？」

「ミステリー作家を目指そうと思います」

「それはまた思いきった決断だね。そっちの世界はよく知らないが、競争率は高いんじゃないのかな。仮にデビューできても、食べていくのはなかなかたいへんという話も聞いたことがある」

「承知しています」

「それならば、院に籍を置いといて、作家を目指すという方法もあるんじゃないかね？」

増田がもち出した現実的な提案を、都筑はしかしきっぱりと断った。

「ありがとうございます。それも考えましたが、やめました。中途半端な気持ちで臨んだら、どちらもだめになってしまうと思うんです。やる以上、退路を断って臨みたいと思います」

「そこまで考えた上できみがミステリー作家を目指すのなら、応援させてもらうよ。しかし、どうしてまた？」

「増田先生のおかげです」

そう言われても、増田はなんのことだかまるでわからなかった。

「私の？」

「はい」都筑は力強くうなずくと、「紀要の『失敗作』を読んで、確信しました。本当はすべて先生が執筆されたのですね」

「はっ？」

「『処女作』も『問題作』も『失敗作』も作者は増田先生だったのですね」

「どうしてそれを？」

「ペンネームですよ。阿久井一人、伊東飛雁、そして碇有人、すべて〈あの作家〉のアナグラムじゃないですか。そんなことに気がつかなかったなんて」

「〈あの作家〉？」

「とぼけなくても、もうわかっています。『失敗作』で明らかになる作家ですよ。〈あの作家〉の正体は増田先生だったのですね！」

「いや、ちょっと待て！」

「たしか〈あの作家〉も相当な変態だと聞いたことがあります。わかりますよ、増田先生の地が出たわけですね。故郷が小倉というのも、女性に縁がないというのも共通していますもんね。前に『問題作』の脚注から作者のプロフィールを割り出そうとしたことがあったじゃないですか。

あのとき挙げたプロフィールもすべて〈あの作家〉と合致しているようです」

「いや、だから……」

「正体については口外できないのでしょう。わかっています。ぼくも誰にも言いませんから、ご心配なく。増田先生ですら〈あの作家〉レベルの作品が書けるのであれば、ぼくがいまから頑張れば、きっともっとよい作品が書けるはずです。期待していてください。そのうち増田先生のペンネームである〈あの作家〉を抜いてみせますから」

おそらく都筑になにを言ったところで聞く耳をもっていないだろう。そう判断した増田は試練の道に踏み出そうとする若者を励ますことにした。

「なんにしたって、頼もしいじゃないか。大いに期待しているよ」

「ありがとうございます。数学ではライバルになれませんでしたが、ミステリー作家としてはぜひライバルと認めてもらえる存在になりたいと思います」

深くお辞儀をすると、都筑はすがすがしい顔で去っていった。

5

都筑の発言にあったアナグラムが正しいかどうか確かめるため、増田はスマホのメモに名前を書きだした。

阿久井一人　アクイヒトリ
伊東飛雁　イトウヒガン
碇有人　イカリウヒト

都筑が挙げたのはこの三人だったが、このリストには都筑が読んでいない「出世作」の作者の名前も加えるべきであろう。

井海降人　イカイフルト

なるほど四つの名前はどれもよく似た音で成り立っているが、微妙に構成要素が違う。もしかしたら、読み方が違うのかもしれない。増田はあれこれ考え、ふたつのペンネームの読み方を改めた。

伊東飛雁　イトウヒカリ
井海降人　イカイフリト

これによりかなり音がそろったが、まだ微妙に違っている。ここで「処女作」に出ていた、都筑と沓路のアナグラムのことを思い出した。もしかしたら、ローマ字に直せば一致するのではないだろうか。

アクイヒトリ　AKUI HITORI
イトウヒカリ　ITOU HIKARI
イカリウヒト　IKARI UHITO
イカイフリト　IKAI HURITO

たしかに四つのペンネームはすべてアナグラムになっている。

これはなにを意味しているのだろう。都筑は勘違いしていたが、増田が〈あの作家〉の正体であるはずがない。

だとすると考えられるのは、〈あの作家〉の思惑で、増田が「処女作」以下の四編のバカミスを書いたということだ。しかし、増田には自分で書いたという自覚がない。

もしかして、増田は〈あの作家〉に寄生されているのではないだろうか……。

寄生され、自覚がないままに行動させられているのではないだろうか……。

ユーハプロルキスに寄生されたカダヤシやハリガネムシに寄生されたカマキリと同じように、

脳を乗っとられてしまったのではないか。

四つのバカミスは、増田が書いた文書が変態したのではなく、数学関連の文書を作成しているつもりで、脳を〈あの作家〉に乗っとられた増田が無自覚に書いてしまったのだろう。

そうか、と増田は思う。

〈あの作家〉の郷里は増田と同じく北九州市の小倉らしい。おそらく増田がまだ小倉に住んでいた頃、〈あの作家〉と増田はどこかで同じ時間と空間を共有したに違いない。そのときに増田の変態性を見抜き、〈あの作家〉は増田に寄生したのだろう。

いや、思い返せば増田は元々変態などではなかった。高校時代、性に目覚めたときに初めて、自分が窃視癖のある変態だと気づいたのだ。性に目覚める以前に〈あの作家〉に寄生されたがために、増田は変態への道を突き進むことになってしまったのではないだろうか。

つまり、増田の人生の大半は〈あの作家〉に操られていたのだ。ここまでは増田の体内で比較的静かにしていた〈あの作家〉が、ここにきて急に動きが活発になった気がする。寄生虫が活発になるのは新しい宿主へ乗り換えようとするときだ。〈あの作家〉も別の宿主を見つけ、増田を乗り捨てようとしているのではなかろうか。

わかった。新しい宿主は都筑昭夫なのだ。〈あの作家〉が去ったあと、増田はどうなってしまうのだろう。ハリガネムシが出たあとのカマキリを思い出した増田は、絶望的な気分に襲われた。

増田が突如女性にちやほやされはじめたのも、〈あの作家〉のせいに違いない。都筑によると、

〈あの作家〉は女性に縁がないという。そんなわが身を嘆き、寄生した増田をとおして願望を満たしたのだろう。

それは納得のできる結論だったが、ひとつ疑問も残る。

増田が女性にもてはじめたのは、バカミスの中のできごとではなく現実の世界における現象だ。

ということは……。

もしかしたら、増田はすでにこの世に存在しておらず、バカミスの中に閉じこめられているのかもしれない。

いまいるこの世界は、〈あの作家〉に寄生された増田が書いた虚構の中に広がっているのではないだろうか。

そう考えると腑に落ちることがある。最近感じるようになった視線の正体だ。

あの視線はフェロモンに引きつけられたメスのものではなく、この世界を描いた虚構を覗き見ている読者の視線なのではないか？

そう気がついたいまこの瞬間、視線の圧力が強くなった気がする。

「そうだったんですね」

増田が〈あの作家〉に成り代わってあなたに向かって指を差し、そしてにこやかに語る。

「最後までお読みいただき、ありがとうございました！」

◎参考文献
・『奇商クラブ』G・K・チェスタトン／福田恆存訳／創元推理文庫
・『寄生蟲図鑑　ふしぎな世界の住人たち』目黒寄生虫館監修／飛鳥新社
・『日本動物大百科7　無脊椎動物』日高敏隆監修／平凡社

◎初出一覧
・「処女作」……『ハヤカワミステリマガジン』（早川書房）二〇〇八年十一月号
・「問題作」……『ジャーロ』（光文社）二〇〇八年冬号 №34
・「失敗作」……『バカミスじゃない!?　史上空前のバカミス・アンソロジー』（宝島社）二〇〇七年六月

鳥飼否宇（とりかい・ひう）
1960年福岡県生まれ。九州大学卒。2001年『中空』で横溝正史ミステリ大賞優秀作を受賞しデビュー。2009年には『官能的』が第62回日本推理作家協会賞候補作に選定される。正統派本格ミステリからアバンギャルド、バカミスまで据えた独自のフィールドを歩む。ほか主な作品に『太陽と戦慄』『本格的』『迷走女刑事』など。

ミステリー・リーグ

絶望的《ぜつぼうてき》
寄生《きせい》クラブ

●

2015年2月25日　第1刷

著者…………鳥飼否宇《とりかいひう》

装幀…………スタジオギブ（川島進）
装画…………アランジアランゾ

発行者…………成瀬雅人
発行所…………株式会社原書房

〒160-0022 東京都新宿区新宿 1-25-13
電話・代表 03（3354）0685
http://www.harashobo.co.jp
振替・00150-6-151594

印刷…………新灯印刷株式会社
製本…………東京美術紙工協業組合

ISBN978-4-562-05134-2, Printed in Japan